L'ALLUMEUR DE RÊVES BERBÈRES

DU MÊME AUTEUR

Djurdjurassique bled, texte du spectacle, Lattès, 1999
Rue des petites daurades, Lattès, 2001
C'est à Alger, Lattès, 2002
Comment réussir un bon petit couscous, Lattès, 2003
Le dernier chameau et autres histoires, Lattès, 2004

www.editions-jclattes.fr

FELLAG

L'ALLUMEUR DE RÊVES BERBÈRES

roman

JC Lattès
17 rue Jacob, 75006 Paris

ISBN 978-2-7096-2670-5

À Tahar Djaout,

À Marianne Épin
et Karina Hocine,
mon éditeur.

1

En Algérie, tout le monde est mécanicien. Vieilles voitures, routes défectueuses et pénuries obligent, chacun se débrouille pour adapter, inventer, fabriquer, bidouiller des pièces de rechange ou démonter et remonter un moteur en vue d'un lifting général.

— Soupapes ! Pas la batterie ! La bielle... le piston...

Ces mots me reviennent alors que j'ouvre à peine les yeux. Soupapes... batterie... J'ai dû rêver à un atelier de mécanique auto. Hier, un mécanicien est venu changer le filtre à essence de ma vieille *Zastava*. Comme je recycle tout ce que je ressens, vois, touche ou entends – y compris ce que l'on inflige à ma voiture – rêver de Delco, de radiateurs, batterie et autres étrangetés électromécaniques me paraît normal. Je suis une véritable éponge.

Bien réveillé, j'entends encore ces voix :

— Non, c'est pas le condensateur... Il y a un machin bizarre là... C'est pas un machin bizarre ! Ça s'appelle un carburateur. J'en ai marre de ce tacot !

Elles viennent de l'extérieur. J'allume ma lampe de chevet pour regarder ma montre. Putain ! Quatre heures vingt-huit ! L'eau ne m'a pas réveillé ! Je jette un œil par terre : pas d'inondation. Je quitte mon lit et fonce vers la salle de bains. Aucune goutte ne coule du robinet laissé ouvert pour me servir de réveille-matin. Je le referme et m'interroge. Me serais-je trompé de jour ? Le dernier journal, posé sur la table du salon, est daté du lundi. Nous sommes donc mardi, un jour de retour de l'eau.

Dehors, les voix s'échauffent de plus belle. Je sors sur mon balcon. En contrebas, une vingtaine de types entourent une voiture jaune. Le moteur est masqué par tout ce monde penché dessus. Je souris devant cette scène si familière. Dans la rue, il suffit qu'un automobiliste s'arrête et ouvre son capot pour que des dizaines de passants s'agglutinent autour et pointent leur nez dessous. Pendant que les uns questionnent le conducteur malchanceux, d'autres passent en revue la mécanique. Chacun émet son avis. Les plus expérimentés demandent au propriétaire du véhicule de mettre à disposition les outils remisés dans son coffre, puis s'attellent à arracher des câbles, dévisser des pièces et donner des ordres à tout le monde. Pour un simple problème d'allumage, les techniciens bénévoles somment le conducteur de se mettre au volant, engager la seconde et, pendant qu'ils pousseront, de lâcher l'embrayage en appuyant fort sur l'accélérateur afin de réveiller la batterie. Un groupe pousse, un autre bloque temporairement la circulation. Ils sont si nombreux et efficaces, le moteur s'allume avec une telle rapidité que le tacot est propulsé comme une fusée. Ce démarrage en force interdit de remercier sous peine de faucher le groupe d'écoliers traversant soudain la rue.

Je reviens aux mécaniciens que j'observe de mon balcon.

— Ce doit être le carburateur qui chauffe, diagnostique une voix que je crois être celle de Youcef, l'officier de police de la cité.

— Depuis quand un carburateur chauffe-t-il ? réplique un homme qui a l'air d'en savoir plus que tout le monde.

Un peu à l'écart, j'aperçois Hakim sur son fauteuil roulant. Il est en conciliabule avec Malika et Nasser.

— Hé Hakim, qu'est-ce qui se passe ? Ils n'ont pas lâché l'eau cette nuit ?

Avec son humour habituel, « handicapé moteur à combustion », comme il aime à se définir lui-même, me répond :

— Elle a été condamnée à la prison ferme. Elle ne sera relâchée que vendredi !

— *Inch'Allah !* précise Jebbar-l'islamiste.

— Oh ! Pardon... *Inch'Allah !* corrige Hakim.

— Que se passe-t-il, là ? Qu'est-ce qu'ils font ?

— C'est le taxi de M. Saïd. Il s'apprêtait à rejoindre la station pour cinq heures comme d'habitude et *walou* ! La 504 ne démarre pas. On dirait qu'elle a émis son dernier souffle

Je cours chercher cahier et stylo pour prendre note de ces péripéties et de leur évolution.

— Pourquoi ne demandez-vous pas à Aziz de la réparer ? dis-je à mon retour.

— Aziz laisse la mécanique automobile au petit peuple, qui se débrouille très bien, répond Hakim.

— Et M. Saïd, où est-il ? vous ne l'avez pas laissé s'approcher, j'espère ?

M. Saïd sème la panique à cause de son odeur fétide.

Hakim et Malika éclatent de rire.

— Ils lui ont dit : on te répare ta voiture à condition que tu la fasses nettoyer de fond en comble et que tu ne t'approches pas de nous jusqu'à ce qu'on ait fini.

À la station de taxis, même les clients qui attendent depuis longtemps sont frappés d'un accès de charité chrétienne en terre musulmane et cèdent leur place lorsque arrive M. Saïd. Personne n'a jamais osé lui dire l'effet atroce que provoquent les miasmes fossilisés dans son corps et son véhicule. À sa décharge, il faut reconnaître que les incessantes coupures d'eau ne permettent pas de se laver souvent, qu'il est père de onze enfants, héberge dans un modeste trois pièces sa propre mère, une tante veuve et trois cousins abandonnés. Même les jours de retour de l'eau, prendre une douche au milieu de cette foule compacte et agitée relève du miracle ou de la prouesse gymnique.

— Quelqu'un peut-il se sacrifier pour aller demander à M. Saïd s'il a déjà changé les manetons des têtes de bielle ?

— On va charger l'un de ses enfants d'y aller ! Tiens, en voilà un ! Eh, Moussa, va dire à ton père…

— Sans la volonté d'Allah, bielle ou pas bielle, la voiture ne démarrera jamais ! profère Djebbar-l'islamiste, spécialiste des débats théologiques bon marché.

— Ne mêle pas Allah à la mécanique, s'il te plaît, tu lui fais injure, répond en colère l'un des mécanos arborant un ticheurte *Abibas*, imitation locale d'une célèbre marque, noir de cambouis.

— Allah se mêle de tout ce qui existe, de la mécanique automobile à un moustique ou un chardon sur le bord d'une route. S'il a décidé que cette voiture restera immobile, vous pouvez changer toutes les pièces que vous voulez, rien ne la fera plus jamais se mouvoir.

— Et si on arrive quand même à la faire rouler, vas-tu remettre en cause la puissance ou même l'existence d'Allah ? lance avec mépris un philosophe francophone laïc au chômage technique pour contrer l'argumentation soldée du théologien.

Moussa revient essoufflé :

— Mon père dit qu'il ne sait pas ce que c'est « les manetons des têtes de bielle », mais si c'est ce qu'il imagine, il les a déjà changés.

— La dernière fois, vous avez changé le Delco contre un neuf ou pas ? dit quelqu'un dans la foule.

— Le neuf n'existe pas ! Nous avons remplacé l'ancien Delco par un d'occasion.

L'un des assistants du mécanicien en chef détache les câbles électriques entre le Delco et la batterie, démonte la tête du système d'allumage, scrute l'intérieur et l'exhibe devant tous :

— Le charbon ne touche pas le fusible d'allumage. Il est complètement usé !

Les autres assistants, c'est-à-dire tout le monde, s'approchent et écoutent attentivement les explications, chacun essayant de trouver un angle de vision pour rassasier sa curiosité.

— Donne-moi ça, ordonne le chef à l'assistant. Et toi, Moussa, va vite demander à ton papa s'il a un charbon de rechange !

Le mécano rentre un tournevis à l'intérieur du Delco, le passe à travers le mince ressort et donne un coup pour arracher le morceau de charbon.

— Merde ! J'ai pété le ressort ! crie-t-il.

Puis, se tournant vers la foule :

— Quelqu'un a un stylo à ressort ?

— Un stylo à ressort ? répète en chœur la foule étonnée.

— Oui, vous savez, les stylos à ressort là, ceux qu'on pousse comme ça… comme quand la France était là ?

— J'en ai un ! dis-je du haut de mon balcon.

Je retourne à l'intérieur, prends l'objet posé sur le bord d'une étagère et l'envoie au mécanicien qui l'attrape au vol.

— Il est déjà cinq heures et pas une goutte ! lance une voix de femme.

— C'est vrai, réagit l'un des mécaniciens, pourquoi n'ont-ils pas libéré l'eau aujourd'hui ?

Moussa revient en courant.

— Papa dit qu'il n'a pas de charbon de rechange, et il dit aussi débrouillez-vous parce qu'il y en a pas sur le marché.

— Est-ce que quelqu'un aurait une pile sur lui, les petites longues comme ça ? demande le mécanicien général à l'assemblée en figurant la taille de l'objet avec son pouce et son index.

— Tiens ! crie un homme de son balcon.

Le mécanicien attrape encore au vol, puis pose la pile à terre et la brise par de petits coups de marteau délicats. Une fois libérée la tige de charbon, il mesure son diamètre, le compare à celui du socle du Delco dans lequel elle s'ajuste, puis lime le morceau de charbon contre le bord du trottoir. L'assistance admire la finesse du fraisage. Arrivé au diamètre désiré, il introduit la tige dans le ressort du stylo préalablement assoupli, resserre le bout écarté du ressort sur le charbon, enserre l'autre bout du ressort à l'intérieur du socle et l'écarte suffisamment avec deux tournevis fins pour l'immobiliser. Une fois achevé ce travail de chirurgien, il emboîte toutes les parties du Delco, rebranche les câbles et demande à son premier assistant de démarrer.

En un seul tour de main, le moteur s'emballe puis ronronne comme s'il venait de sortir du garage. Tout le monde applaudit le génie qui s'essuie les mains avec un chiffon en s'adressant à Moussa :

— Va dire à ton père que ça marche. Il peut aller travailler... mais dis-lui bien que c'est une pièce provisoire qui peut claquer à n'importe quel moment. C'est juste pour dépanner, hein !

— C'est Allah qui a dépanné M. Saïd parce qu'il est un bon croyant, ce n'est pas toi, dit Djebbar-l'islamiste.

— Il est presque six heures et l'eau n'est pas revenue, s'inquiète Hakim. Il va falloir faire avec les réserves jusqu'à vendredi... si l'eau revient vendredi...

— *Inch'Allah !* le coupe Djebbar-l'islamiste d'un geste sentencieux en désignant le ciel du doigt. Il faut toujours dire « *Inch'Allah !* » quand on évoque l'avenir, car Lui seul peut décider s'il y aura ou pas de l'eau vendredi.

— *Inch'Allah !* poursuit Hakim en donnant une impulsion de ses bras musclés sur les roues de son fauteuil. Il ne faut pas traîner, les amis. M. Saïd va arriver et l'atmosphère deviendra vite irrespirable. Allez, bonne nuit tout le monde !

— Bonne nuit ! répond tout le monde en chœur.

Je ne me souviens plus si les robinets ont coulé ou non le vendredi suivant, mais je sais que M. Saïd a roulé pendant dix-huit mois sans changer le charbon du Delco.

2

Une flaque d'eau boueuse passe sous la porte de ma chambre, charrie des dizaines de salamandres en furie qui s'accrochent maladroitement aux draps, grimpent sur mon lit, se ruent sur moi et mordent jusqu'au sang toutes les parties de mon corps. Fou de rage, j'en saisis une dans chaque main, et tire de toutes mes forces pour leur faire lâcher prise, mais leurs dents, encastrées dans ma chair, aussi dures que du métal, ne desserrent pas. Je respire profondément et hurle pour reprendre conscience.

Comme chaque fois qu'un cauchemar s'empare de moi, je me précipite sur le balcon prendre l'air et fumer une cigarette. Fébrile, tirant sur une *Chélia* lente à s'allumer, j'attends impatiemment que les voisins se réveillent afin que leurs bruits, leurs rires et leurs premiers mots effacent le souvenir du contact des reptiles sur ma peau.

J'ai l'habitude de côtoyer ces horreurs. Elles me saisissent parfois dès que mes paupières commencent à tomber. Je ne me pose même plus la question du pourquoi de leur acharnement ou de la raison de leur foisonnement. Je fais ces cauchemars depuis mon enfance. Je suis passé par maints psychiatres pendant mon adolescence, où ils atteignirent leur paroxysme. La mort de Nadia, ma femme, l'exil de Youcef et de Narriman mes deux enfants, qui m'en ont imputé la responsabilité, n'ont fait qu'ajouter cruauté et ressorts nouveaux à leur architecture scénaristique. Longtemps, pour éviter de les affronter, j'ai vécu dans la terreur de m'endormir, puis j'ai fini par prendre le pli. Il m'est aujourd'hui devenu naturel de passer d'un monde à l'autre, même si les pires d'entre eux jouent avec les éléments de ma réalité ambiante pour me faire croire que je suis éveillé.

Il est deux heures quarante du matin, vingt minutes avant le coup d'envoi du « retour de l'eau ». Engourdi, le geste lourd, je me verse du café froid, engage une cassette audio du chanteur El-Anka sur mon radiocassette et m'apprête à assister à l'éveil de la cité. Mon balcon m'offre une vue unique sur une bonne partie des appartements. J'observe chaque recoin pour traquer dans le menu détail la mystérieuse résurrection microsociale. Montre en main, la première sonnerie de réveil déchire le silence de la nuit à trois heures précises. D'autres lui répondent aussitôt, puis des rectangles et des carrés de lumière, reflets bleuâtres de télévisions qu'on allume par-ci par-là, apparaissent, épousant au hasard le rythme des sonneries cacophoniques mixées à des bouts de dialogues de feuilletons égyptiens ou de génériques de séries américaines cultes. Derrière les rideaux et les volets, des ombres se lèvent pour se préparer à conserver le plus grand volume possible de cet or liquide qu'est devenue l'eau du robinet. Filiformes ou bedonnantes, masculines ou féminines, vieilles ou jeunes, grandes, petites, en pyjamas, en robes de chambre, ticheurtes, gandouras, hidjabs ou nues comme des vers, des silhouettes circulent dans les appartements, formant une sarabande fantasmagorique. J'entends les claquements secs des bidons et les bruits grinçants, agaçants, des lourdes bassines en plastique ou en ferblanc qu'on traîne sur des carrelages irréguliers.

Soudain, dragon furieux, l'eau déboule à toute berzingue, se divise et se démultiplie dans les méandres des tuyauteries qu'elle fait vibrer et claquer, puis rugit derrière les robinets encore fermés et dont les joints de mauvaise qualité contiennent difficilement son assaut brutal.

Pendant que les récipients se remplissent, certains locataires prennent des douches rapides – le reste de la famille attend derrière –, d'autres appuient sur le bouton « Marche » de la machine à laver remplie jusqu'au cou et prête à démarrer depuis plusieurs jours déjà. Des tuyaux d'arrosage tenus à bout de bras, déroulés par-dessus les parapets des balcons, irriguent des bougainvillées, des hibiscus, des plans de tomates ou autres haricots verts dont les fines lianes grimpent sur d'aléatoires tuteurs en roseau. Car quelques audacieux se sont appropriés la cour pour en faire des jardins potagers. De jeunes hommes en tong ou pieds nus, bas de pantalons relevés, diffusent à plein volume des chansons raï rythmées par d'épouvantables synthétiseurs en lavant la voiture familiale. Les locataires qui ont pris l'initiative de nettoyer les escaliers font dégouliner par tous les interstices des cascades imbibant jusqu'à l'os le béton désarmé des immeubles. L'odeur âcre de terre mouillée et de carrelage humide monte jusqu'à moi en une fraîcheur salvatrice.

Les coupures d'eau ont pris naissance dans la capitale au début des années quatre-vingt et se sont lentement propagées jusqu'à gagner en dix ans la plupart des localités du pays. À mesure des restrictions systématiques, le rythme de vie du peuple s'est adapté à la cadence des allées et venues du liquide vital. Les bulletins laconiques du ministère de l'Hydraulique justifiaient régulièrement cette crise *« due à une sécheresse exceptionnellement longue et aux déperditions provoquées par la vétusté de la tuyauterie héritée de la période coloniale* ». Pour répartir les stocks, les services concernés ont mis en place des calendriers horaires de distribution, par quartiers dans les grandes villes, par communes dans le tissu enchevêtré des périphéries urbaines. Dans les districts où l'eau est programmée pour être relâchée au milieu de la nuit, les familles organisent des tours de garde afin de ne pas rater le passage de la manne.

Dans ma cité, le réseau municipal est remis sous pression deux fois par semaine, le mardi et le vendredi de trois à six heures du matin. Cette tranche de la nuit, vécue pendant longtemps comme une contrainte, devint peu à peu une oasis de paix de l'esprit et un contrepoids à la morosité de la vie quotidienne. Chacun se réveille à l'heure dite selon sa propre technique. Certains utilisent des réveils, on se téléphone d'un bâtiment à l'autre, des voisins réveillent des voisins. D'autres, comme moi, insomniaques ou qui ont le sommeil léger, laissent les robinets ouverts afin de reprendre conscience au moment où le premier jet, toujours violent du fait de la pression, explose dans le fond émaillé de la baignoire. Je me réveille parfois avant l'heure, ou avec la certitude d'avoir entendu dans mon sommeil le giclement de l'eau sans avoir pu sortir d'un rêve. L'appartement, pensé-je dans ces cas-là, est inondé. C'est ce qui m'est arrivé cette nuit. Comme je vis seul, j'endure deux fois par semaine l'angoisse de rater le passage de l'eau.

Dans mon radiocassette, les mélodies du chant *chaâbi*, empreintes d'une nostalgie déchirante, déroulent des litanies dans l'impressionnante tessiture de celui que ses adorateurs surnomment « Le Sphinx du chant populaire algérois ». Ces complaintes suaves se mêlent au bruit de l'eau circulant dans les tuyaux et jaillissant des robinets. Certaines d'entre elles décrivent la féerie de jardins comparés au paradis des musulmans fait de fleuves, rivières, torrents, ruisseaux, sources limpides et nymphes gambadant sur l'herbe fraîche, fantasmes de tout ce qui a toujours cruellement manqué à nos contrées arides. Ces chansons, véritables petites encyclopédies de la nature, racontent la faune et la flore, rivalisent de métaphores sur leurs infinies variétés. Pendant que la mandole habite chaque mot de sa gravité et que le violon pose son archet à l'endroit de l'âme où naissent les nostalgies, le banjo imite canaris, chardonnerets et rossignols. Un enchevêtrement de phonèmes à donner le tournis exprime la palette des fleurs et la finesse des chants d'oiseaux. Il suffit de s'oublier en cette musique pour que rimes et syllabes se confondent avec les clapotis et les chuintements des mini cascades qui se déversent dans la forêt de béton qui m'entoure.

Ce laps de temps d'irréalité, suspendu au-dessus de la gravité du moment, rejette dans les marges règles drastiques de la morale ancestrale et violentes divergences d'opinions suscitées par ces temps de troubles politiques. Cette seconde vie, nocturne, remet les compteurs des cœurs à zéro et nettoie les cerveaux des tourments et pressions de la veille. En dispensant sa sève bienfaitrice, la plomberie redonne aux pauvres créatures laminées par la désespérance le goût de croire de nouveau aux choses. Subitement, des actions aussi banales que rire, boire un café, fumer une cigarette, aimer, raconter une histoire, redeviennent des gestes fondamentaux, des rites magiques participant à la reconstruction de l'espoir et au ressourcement des désirs. Des êtres aussi dissemblables qu'un philosophe francophile, un stalinien, un ancien combattant, une vieille femme juive, un inventeur, un imam orthodoxe, un handicapé moteur, un marchand de légumes, un ex-émigré, un inspecteur de police, un islamiste pur et dur, un chauffeur de taxi ou une prostituée clandestine, s'assoient autour d'un thé, rient en débattant de tout et de rien comme s'ils étaient des caravaniers faisant halte dans une lointaine oasis afin d'échanger du sel et des nouvelles.

Mon nom est Zakaria, j'ai cinquante ans et je suis écrivain. Écrivain dans un pays où ne sont éditées que des œuvres asexuées, gommées de toutes les aspérités caractérisant la pensée individuelle. L'entreprise d'État qui avait le monopole de l'édition depuis l'indépendance jusqu'aux événements du 5 octobre 1988 a pendant longtemps publié les essais ou récits que je rédigeais en plus de mon métier de journaliste. Je faisais partie de l'équipe de la rédaction du *Révolutionnaire*, un quotidien dont le pouvoir était le rédacteur en chef. J'allais d'écoles en universités pour donner des conférences et parcourais le territoire afin de réaliser des reportages. Mes chroniques vantaient les performances industrielles, la construction de barrages ou de villages agricoles ultramodernes *« réalisés en des temps records grâce à des équipes entièrement algériennes »*. En thuriféraire patenté, je brossais sans vergogne et dans le sens du poil les qualités

« *hors normes* » du Président, des ministres ou de n'importe quel abruti national érigé en Secrétaire Général d'une section du Parti Unique perdu dans le fin fond du bled. Ce n'était ni de la servitude ni de la lâcheté. C'était pire : de la sincérité. Emporté par le souffle révolutionnaire qui régnait en main de maître à cette époque, je taisais et écrasais volontairement ma subjectivité. On avait réussi à me faire croire qu'elle était un état d'âme bourgeois. J'écrivais alors des textes à vocation populiste qui, au nom de la sacro-sainte devise nationale « Un seul héros : le peuple », louaient la vaillance de la plèbe et la sublime clairvoyance des autorités guidant ses élans héroïques.

Au début des années quatre-vingt, quand l'idéologie socialiste commença à battre de l'aile, je me suis engouffré dans le mouvement suscité par les réformateurs qui, de l'intérieur du régime, fustigeaient les autorités, les accusant de trahir les idéaux révolutionnaires pour détourner richesses et privilèges à leurs seuls profits. Alors, dans un langage et un excès de zèle inconnus de moi jusque-là, je me suis insurgé pour dénoncer avec force et détermination les massacres commis par l'armée pendant les événements du mois d'octobre 1988. Près de six cents victimes parmi les Gavroches de la révolte populaire. Je l'ai payé cher. Après les événements, mes écrits furent d'abord charcutés puis censurés. La direction du journal mit fin à mes fonctions en me confiant un poste à responsabilités de pacotille dans l'administration du ministère de tutelle, pour *« services rendus à la Nation »*.

3

Je ne dirais pas que la première lettre de menaces m'a comblé, mais elle m'a fait éprouver le frissonnement du militant venu rejoindre sur le tard le parti qu'il pense être le bon et qui en reçoit enfin la preuve : une forme de reconnaissance. Mon ego de nouveau démocrate me rendait inconscient des vrais dangers à venir. J'étais encore dans le cocon romantique de mon retournement de veste.

La deuxième lettre, qui reprenait à peu près les mêmes arguments, m'a fait rire. Oui, rire ! Le rire bête de celui qui se demande quel grand enfant lui lance des noyaux de cerise sur le crâne. Quand j'ai fini de la lire, seul dans mon bureau au ministère, je me suis longtemps esclaffé, prenant à témoin les deux fauteuils vides face à moi, comme si j'avais convoqué deux employés pour leur montrer le phénomène : « Oh ! Oh ! Vous avez vu ça ! Une lettre de menace. C'est incroyable, non ? Écoutez ça... » Et j'ai scandé à voix haute, avec la grandiloquence propre à la langue arabe littéraire, les mots des tortures à moi promises dans les temps à venir.

Ensuite, je l'ai rangée dans le tiroir de mon bureau et je me suis replongé dans la grande grille de mots croisés d'une revue hebdomadaire, cette grille redoutable causant des sensations et des sueurs froides dans toutes les administrations du pays, les petites grilles des différents quotidiens nous permettant seulement de patienter et de nous entraîner en attendant sa parution. Dès le troisième mot, la missive et son contenu faisaient déjà partie du passé, mais les définitions s'opacifiaient au fur et à mesure que j'avançais, jusqu'au moment où j'ai buté contre un dieu de la Grèce antique auquel il manquait trois lettres pour apparaître dans toute sa splendeur. J'étais pourtant incollable en mythologie grecque. Un café et trois cigarettes plus tard, je sentais bien qui ce pouvait être, mais une lettre de moins ou deux de trop le faisaient osciller entre un personnage de Sophocle et un héros de l'*Iliade*. Impossible d'inscrire le bon nom dans les bonnes cases. J'ai saisi le téléphone et composé le numéro de ma secrétaire.

— Mademoiselle...

— Oui, monsieur Zakaria !

— Pourriez-vous, s'il vous plaît, me passer le sous-directeur aux affaires juridiques. C'est très urgent !

Quelques instants plus tard, j'ai entendu la voix de mon collègue.

— Oui, Zakaria ! Qu'est-ce que je peux faire pour toi ? Tu veux divorcer ? Tu veux acheter un magasin ?

— Arrête tes conneries. Dis-moi, tu les as finis, toi, les mots croisés de la semaine ? La grande grille ? Ah, tu viens juste de commencer. Qu'est-ce que tu as fait depuis ce matin, alors ? Le dieu grec de l'orgueil c'était qui déjà ?

— Boumedienne !

— Ah, non, deux lettres de trop ! Bon, j'ai compris, ce n'est pas ton domaine. Je vais appeler quelqu'un d'autre...

J'ai raccroché et joint aussitôt un copain, fonctionnaire permanent à l'Union Nationale des Écrivains.

— Il est occupé avec de vieux amis venus boire le café avec lui, monsieur Zakaria, me dit d'une voix désolée sa secrétaire, que je connais bien parce qu'il m'arrive d'aller jouer à la belote avec son patron. Il vous rappelle dès qu'il a fini sa réunion.

— Pour gagner du temps, demandez-lui s'il connaît le dieu grec de l'arrogance ou de le chercher dans un des nombreux dictionnaires que vous avez sous la main, et dites-lui de me rappeler d'urgence sinon je ne peux plus avancer.

— Ce sera fait, monsieur Zakaria !

— Merci !

Le temps de fumer la moitié d'une cigarette, le téléphone a sonné.

— Monsieur Zakaria, c'est pour vous ! me dit ma secrétaire d'une voix un peu faible, signe qu'elle s'efforce à tenir le téléphone entre sa tête et son épaule pour maîtriser les aiguilles à tricoter que j'entends s'entrechoquer.

— Merci ! Alors, vieille peau, comment ça va ? J'étais sûr que... Comment ? Qui ? Quoi ? Mais... qui êtes-vous ?

Une voix grave, calme, et dont le ton se voulait mesuré, me dévidait des horreurs indescriptibles sur moi et ma famille. Elle me donna aussi ma date de naissance, celle de mes enfants et de ma femme ainsi que notre adresse et notre numéro de téléphone. Il ne manquait plus que nos numéros de sécurité sociale. Puis, avant de raccrocher, elle m'annonça que je ne finirais pas la semaine vivant.

La voix déclencha d'innombrables résonances, tout un réseau de réactions chimiques incontrôlables, la spirale de la peur s'enclencha et me happa. Ce n'était plus de l'encre sur une feuille. Ce n'était plus de la littérature.

Il était quatre heures de l'après-midi. En général on travaillait jusqu'à cinq heures. Je ne pus tenir une minute de plus. J'ai traversé le bureau de ma secrétaire en arborant une attitude hautaine apte à masquer mon désarroi. Je ne suis pas spécialement courageux, mais grâce à mon éducation familiale stricte, j'ai hérité d'une certaine dignité – qui n'est autre que de l'affectation – et j'ai toujours su la faire passer pour de la bravoure. Tout en lui souhaitant le bonsoir, j'ai félicité ma secrétaire pour l'excellente finition de son nouveau tricot et j'ai quitté le bâtiment ministériel au pas de course pour m'engouffrer dans le bistro derrière la grande place, celui où personne ne sait qu'on est là parce que tout le monde est là. Droit comme un I, je me suis dirigé vers les toilettes avec l'espoir qu'elles ne seraient pas occupées, car je faisais l'effort surhumain de retenir dans ma bouche le déjeuner que mon ventre me renvoyait depuis mon départ du bureau.

Au retour, j'ai demandé au barman s'il avait du whisky. Il m'a dit que j'en boirais autant que je voudrais dans mes rêves en me couchant ce soir, mais qu'il pouvait m'ouvrir autant de *Nouas*[1] que je voulais là maintenant

1. Célèbre marque de bière algérienne.

dans la réalité. J'en ai bu trois et, plus ou moins ragaillardi, je suis rentré chez moi.

Je n'ai évidemment rien dit à ma femme et à mes enfants. À table, j'ai délaissé le tagine de poulet aux olives dont Nadia a le secret. Le dîner n'en finissait plus. Enfin, j'ai quitté la table et occupé mes nerfs à bout en traînant dans les chambres, ouvrant des livres et des revues que je refermais aussitôt. Après un temps, Nadia m'a rejoint et m'a sommé de lui dire pourquoi je ponctuais d'un « Ah oui bien sûr ! » tous ses propos depuis mon retour du bureau. Je lui ai répondu « Ah oui bien sûr ! », et elle s'est fâchée très fort. Je lui ai demandé pardon et inventé un bobard.

— Je suis préoccupé par le texte d'un ami dont je dois corriger les épreuves ce soir.

— Ce n'est pas une raison pour te mettre dans ces états. Tu as l'habitude de corriger des textes.

— Je le parraine pour l'édition… et son roman n'est pas bon…

— Il s'appelle comment, ton ami ?

— Il s'appelle… C'est… Je sais plus… J'ai oublié… Il faut que j'y aille, je vais être en retard.

Et dans ma *Zastava* je suis parti au hasard sur la côte à la recherche d'un bistro pas trop fréquenté où noyer mon angoisse. Nadia n'aimait pas que je boive. Avec le soutien de nos deux enfants, elle m'avait interdit de faire entrer la moindre goutte d'alcool à la maison. Sans être bigote, elle était intransigeante sur les interdits. Dehors je faisais ce que je voulais et, si elle sentait que j'avais bu avec mesure, elle ne disait rien. Mais dans le lit conjugal, elle mettait entre elle et moi une distance infranchissable. Je suis rentré vers une heure du matin et je ne crois pas avoir dormi plus d'une demi-heure cette nuit-là.

Le lendemain, les menaces arrivèrent par salves. On m'appelait au bureau deux, voire trois à quatre fois par jour et, au courrier, je trouvais une petite enveloppe avec des versets coraniques ou des paquets contenant des accessoires mortuaires. Je dis « on » car ce n'était jamais la même voix et la calligraphie des lettres changeait aussi. Mais ce n'était que les préliminaires. Quelques jours plus tard, ils se mirent à appeler à la maison et à proférer les mêmes insultes et menaces à Nadia. Elle était condamnée à mourir, tout simplement parce qu'elle avait épousé un « apostat ». Elle n'était pas préparée à encaisser ce genre de situations. Ayant vécu dans un milieu petit-bourgeois, toujours choyée et protégée, elle me rendit responsable de tout et ne fit rien pour comprendre, affronter la situation ou m'aider à trouver des solutions, même imaginaires, pour tenir debout. Elle sombra très vite dans la dépression et, au bout d'une dizaine de jours, boucla sa valise, et partit s'installer avec les enfants « provisoirement » chez papa et maman. Elle reviendrait si les choses se tassaient. Lorsque je lui ai demandé si elle m'aimait encore, elle m'a répondu que l'amour n'avait aucun sens dans ce que nous étions en train de vivre.

Le soir de leur arrivée chez ses parents, au moment de passer à table, le téléphone a sonné. Mon beau-père a décroché, un homme voulait parler à « Nadia la femme de Zakaria l'apostat ». Le lendemain, son père l'emmena consulter un psychiatre.

Je suis maintenant seul dans l'appartement, un appartement de cinq pièces vides d'une femme qui avait des principes rigides mais que j'aimais, d'un garçon de vingt-cinq ans et d'une fille de vingt-trois ans que j'adorais. J'ai commencé à me rendre de moins en moins au travail. Je veillais à emprunter chaque fois un itinéraire différent afin de semer mes éventuels assassins. Quelquefois, je dormais à l'hôtel, chez un couple d'amis ou un copain célibataire. Partout où j'allais, le téléphone sonnait : « C'est pour toi, Zakaria ! Comment savent-ils que tu es là ? Tu as donné notre numéro à quelqu'un ? »

Pour me protéger d'une éventuelle agression, j'avais caché un marteau dans ma sacoche. Mais, chaque fois que je le voyais, au milieu des stylos et des dossiers, il me paraissait grotesque. Seul, brandir un marteau contre des professionnels armés de couteaux, de machettes ou d'armes à feu ? Je rentrais chez moi tard le soir. C'était avant l'instauration du couvre-feu. Il fallait rouler une vingtaine de kilomètres dans une trouille intense. Ma *Zastava* tremblait quand je passais la quatrième sur la bretelle menant au boulevard périphérique. Le volant me donnait l'impression d'être la rame de fortune d'un radeau ballotté par le goudron d'une route soudain transformée en eau, les eaux noires du Styx. Vingt kilomètres d'angoisse écrasante.

Quand Nadia ou les enfants m'appelaient au bureau, je riais, je plaisantais de tout ça, et trouvais infantile leur idée de quitter la maison. Dès que je raccrochais, je me ruais sur une bouteille et en buvais des verres entiers avant de me sentir revivre.

Seul avantage du départ de ma femme et de mes enfants, j'ai pu constituer un stock important de caisses de bières, de bouteilles de vin et de whisky, lequel se vendait cher au marché noir mais valait le sacrifice tant il agissait vite lors des pics de frayeur impromptue. Le frigidaire était plein d'œufs, de boules de fromages de Hollande et de tomates bien mûres. J'avais de quoi tenir un siège pendant deux mois, avec un système de défense imparable. Ah, ils pouvaient venir quand ils le voulaient maintenant, j'étais prêt à les accueillir, tellement bardé d'alcool qu'ils pourraient tirer autant qu'ils pourraient – je ne sentirai rien.

Un jour, après un coup de fil particulièrement ordurier, ce fut une évidence : il me fallait une arme. Je me renseignai à droite et à gauche. Quelqu'un connaissait-il un réseau qui me vendrait un pistolet, n'importe quoi pour me défendre ? Au début, je faisais semblant de plaisanter, puis c'est devenu sérieux, obsessionnel. La recherche, infructueuse, a duré près d'un mois. Je ne fréquentais pas les bonnes personnes pour ce genre de business. Dans ma naïveté, j'ai même demandé à mon mécanicien, un jour où il donnait des coups de masse sur l'arbre de direction de ma *Zasta*, s'il ne connaissait pas quelqu'un qui me vendrait un petit pistolet, le genre défensif pas méchant, vous voyez ce que je veux dire, monsieur Belkacem ? Le mécanicien avait éclaté d'un rire énorme. Il est comme ça Belka, comme il n'a pas du tout d'humour, il rit souvent très fort pour faire croire qu'il en a.

Une nuit, à l'époque où j'ai commencé à surveiller tout ce qui rôdait autour de moi, j'ai entendu une voiture rentrer dans le parking. J'ai regardé à travers les lamelles des persiennes de ma chambre, et j'ai vu une grosse cylindrée garée juste en face, moteur arrêté et phares en veilleuse, avec quatre hommes dedans. J'ai attendu qu'ils sortent afin de voir si je les connaissais, s'ils habitaient la cité, mais ils restaient à l'intérieur.

J'ai éteint la lampe du couloir pour qu'elle ne découpe pas ma silhouette à la fenêtre de la chambre et, les yeux vissés entre deux lamelles, je les ai observés. Ils étaient d'un certain âge et très bien habillés. J'ai senti l'angoisse monter en moi. Cette fois, mon vieux, c'est la fin. Ils sont venus pour toi. Les cavaliers de l'apocalypse, pas le genre petits cons qui tirent au hasard et prennent la fuite. Quatre professionnels armés jusqu'aux dents. Ils videront leurs chargeurs sur ta carcasse en gardant leur sang-froid. Leur chef sourira même en crachant sur ton cadavre encore tout chaud. La porte ! J'aurais dû écouter Nadia et changer la serrure dès le lendemain de son départ. La petite *Vachette* à trente dinars n'allait pas retenir des costauds comme ça, ils vont l'ouvrir juste en soufflant dessus. Demain matin à la première heure j'irais voir le serrurier pour lui demander de me la changer, de m'en installer une vraie, une serrure professionnelle.

J'avais des bières au frais. Je les ai sirotées une par une en faisant les cent pas dans l'obscurité de mon appartement. Toutes les trois minutes j'allais jeter un œil... ils étaient encore là, silencieux, fumant des cigarettes. De temps à autre, l'un d'eux regardait vers ma fenêtre. J'ai essayé de me rassurer en me disant que c'était juste des hommes d'affaires louches dans un endroit un peu isolé, ou qui attendaient leur tour pour une passe chez Malika – mais Malika ne reçoit jamais dans son appartement.

Vers une heure du matin, en revenant pour la cinquième fois du frigidaire vers la fenêtre de la chambre, j'ai constaté que la voiture avait disparu. Je n'avais même pas entendu le moteur. La voix de mes pensées intérieures avait dû couvrir le bruit du démarrage, ou l'alcool anesthésier mon oreille. J'étais partagé entre soulagement et appréhension : peut-être étaient-ils passés à la phase suivante d'un plan dont je ne connaissais pas les tenants et les aboutissants ? Je suis allé vérifier s'ils n'étaient pas de l'autre côté du bâtiment.

Ils étaient vraiment partis.

Plus ou moins apaisé, je me suis allongé sur mon lit, échafaudant des stratégies. Soudain, je me suis rappelé que mon oncle maternel, mort il y a quatre ans, avait un fusil de chasse, un *Saint-Étienne*. Mon cœur se mit à battre très vite : il est où, ce fusil ? Ma mère l'avait enfermé dans un placard de la maison de campagne. Son frère aîné adorait s'y rendre pour chasser. J'ai fait mentalement le tour de la famille pour essayer de me souvenir si quelqu'un en avait hérité et, au matin, j'étais sûr et certain qu'il était resté là-bas, au village, sur les hauteurs de l'Ouarsenis.

À sept heures et demie, j'ai appelé ma mère. Après les salamalecs d'usage, je suis allé droit au but.

— Maman, le fusil de chasse de tonton Messaoud, il est toujours là-haut ?

— Pourquoi tu me demandes ça à cette heure-ci, mon fils ? dit-elle d'une voix inquiète.

— Rassure-toi, maman, tu sais bien que j'ai toujours aimé la chasse. Tonton lui-même m'y emmenait souvent quand j'étais adolescent. Tu te rappelles ?

— C'était le bon temps, mais aujourd'hui avec tout ce qui se passe, mon garçon, comment peux-tu penser à aller à la chasse ? Tu ne me caches pas quelque chose, j'espère ?

— Maman chérie, j'ai des amis très haut placés… tu vois ce que je veux dire ? Dans le temps, j'allais chasser les perdrix et les lièvres avec eux là-haut, à Cherchel ou à Chréa… Et là, je ne m'y attendais pas du tout, ils m'invitent dans le désert chasser la gazelle avec des princes du Golfe ! Tu te rends compte ? Des princes ! C'est une occasion en or ! Tu sais, là-bas dans le désert, c'est tranquille ! On est même encadré par des gendarmes !

— Le fusil est dans le double-fond de l'armoire de ton grand-père, mais fais attention à toi, mon petit Zakaria.

— Oui, ma petite maman !

Après avoir arraché le dernier clou du contreplaqué qui cache le double-fond de l'armoire de grand-père, le magnifique fusil m'apparut. Bien que la rouille ait commencé d'y poser de petites empreintes, ce fut pour moi un choc esthétique. Une splendeur ! Une boîte d'accessoires d'entretien et de fabrication de cartouches, ainsi que deux petits cartons de munitions d'origine étaient empilés à côté. Ma poitrine se remplit soudain d'un air nouveau. J'étais un autre homme. Qu'ils viennent, maintenant ! criai-je sans m'en rendre compte, crispant mes mains sur la crosse et le canon jusqu'à faire craquer mes os, qu'ils viennent, bordel !

En revenant chez moi, j'ai monté et démonté le fusil pendant deux heures. Je l'ai nettoyé, graissé, touché, regardé, senti, embrassé et j'ai bu au moins une bouteille de rosé en trinquant avec lui. Ça se fête ! Mais il y avait un problème : l'arme était trop grande. Je ne me voyais pas traîner avec dans les rues, la mettre sur mon épaule pour me rendre au ministère. L'idée de scier le canon me vint. Ça diminuerait de moitié le volume. Après avoir pris les mesures, j'ai ôté à la scie à métaux deux tiers au *Saint-Étienne* puis, à la scie à bois, j'ai enlevé toute la partie de la crosse superflue pour l'usage auquel je le destinais. Dans le genre de situation qui m'attendait, il ne s'agissait pas de viser une cible mais de tirer vite et à bout portant. Il ne mesurait plus que quarante centimètres. C'était parfait.

J'ai ouvert une bière pour calmer mon enthousiasme débordant et j'ai réfléchi à la question du transport. J'ai essayé la poche-revolver d'une veste de costume. Trop long. Les deux trous du canon arrivaient jusqu'à mon cou et étaient collés contre mes jugulaires. Ça n'allait pas. Ça allait se voir, à moins de porter tout le temps un col roulé, et il y avait un risque que le fusil se décharge dans ma tête. J'ai ouvert et descendu une autre bière.

J'ai vidé ma sacoche, puis j'ai mis le fusil à l'intérieur. Le bout du canon dépassait de quelques centimètres. Je pouvais toujours le dissimuler dans un journal. Je me suis promené avec dans l'appartement, mais le temps d'ouvrir la sacoche, de sortir l'arme… soudain j'ai trouvé. J'ai posé le *Saint-Étienne* sur une grande feuille à dessin et l'ai détouré avec un crayon. Puis j'ai tracé au marqueur un trait d'une dizaine de centimètres. Après avoir regardé par toutes les fenêtres pour vérifier qu'il n'y avait rien de louche, je me suis rendu dans la rue commerçante du centre ville de la localité voisine et j'ai acheté deux mètres carrés de skaï similicuir de couleur marron. Ensuite, je suis allé dans la ruelle où se trouvent les artisans. J'ai montré et expliqué mon plan à un tailleur.

Le lendemain en fin de matinée, j'avais un sac ressemblant à un étui de flûtiste avec une jolie poignée. Une fermeture Éclair de dix centimètres, cousue sous la partie basse, accédait aux gâchettes, et une poche extérieure pouvait loger une dizaine de cartouches de rechange. Cette sacoche ne me quitta plus. Dans la voiture, je la posais toujours à proximité de ma main droite, le côté du canon posé sur ma cuisse droite, la fermeture Éclair juste à côté du levier de vitesses, deux cartouches spécial sanglier engagées et la sécurité libérée. Si je devrais tirer, les balles traverseraient le skaï.

Je m'étais longuement entraîné à la manœuvre. Le tout prenait trois secondes. Une : je fais glisser rapidement la languette.

Deux : mon doigt accroche la gâchette. Trois : je tire.

Au bureau, je la posais devant moi en prenant soin d'ouvrir la fermeture Éclair pour être plus rapide. Dans ces moments, une seconde de gagnée est une seconde décisive. Quand ma secrétaire m'annonçait la visite de quelqu'un dont je n'avais jamais entendu parler, je pointais la sacoche vers le fauteuil droit. Si le visiteur que j'invitais à s'asseoir en lui désignant le siège en question installait son postérieur sur l'autre, je n'hésitais pas à lui dire :

— Prenez plutôt le fauteuil droit, j'entends mal du côté gauche.

Comme si ça avait un quelconque rapport.

Au début, dès que je rentrais du travail, je sortais l'arme et la transportais avec moi partout. Je la posais sur la table à tous les repas, sur le lavabo quand je prenais ma douche, à côté de la télécommande, ou sur ma table de chevet entre *Dona Flor et ses deux maris* et *Cent ans de solitude* quand je me mettais au lit. Avant de fermer les yeux, je le glissais sous les draps et, comme un bébé anxieux, je dormais à poings fermés, le doigt sur la gâchette.

Je me levais de plus en plus tard. J'allais de moins en moins au bureau. J'ai téléphoné une fois à ma secrétaire pour m'assurer qu'il n'y avait rien eu d'urgent pendant mes trois jours d'absence. Elle me répondit d'abord qu'il n'y avait rien d'urgent, et me demanda si je plaisantais : « Monsieur Zakaria, quand même ! J'étais là tous les jours et je n'ai pas remarqué votre absence ! » Après avoir été rassuré sur le fait que je n'étais pas absent au moment où je croyais l'être, j'ai continué à m'absenter. J'ai gardé l'appartement une semaine entière. Du samedi au mercredi[1], j'ai déserté le bureau. Le week-end arriva, je n'avais pas reçu de remontrances.

Je buvais de plus en plus. Nadia, même chez ses parents, allait de plus en plus mal. J'ai récidivé la semaine suivante. Je suis resté chez moi toute la journée du samedi. Rien n'est venu. Pareil le dimanche.

Le lundi matin, j'ai reçu de ma direction une lettre de mesure disciplinaire m'annonçant que je perdais mon poste, mais que *« Pour services rendus à la Nation »*, on m'accordait une retraite anticipée.

C'était fini. J'étais libre. Libre de vivre librement ma vie de rat menacé de mort. Libre de boire du vin et de manger des œufs en pleurant ma femme et mes enfants avec comme seul viatique l'attente d'une mort violente je ne sais

1. En Algérie, les jeudi et vendredi correspondent au week-end.

quand je ne sais où. Libre enfin de voir le temps passer au compte-gouttes.

J'ai répondu par principe à l'administration. Je prenais acte de la décision, j'en acceptais les termes. J'ai inventé une explication à mon comportement pour éviter les commentaires désobligeants et je lui ai agréé mes sentiments distingués sans lui demander de réviser sa position.

Nadia sombra dans une torpeur et un mutisme sans fin. Elle ne parlait même plus aux enfants. Un matin, son père m'a appelé pour m'annoncer qu'ils l'avaient trouvée morte dans son lit.

Le médecin constatant le décès évoqua une rupture d'anévrisme. Après l'enterrement, mes enfants et mes beaux-parents ne m'adressèrent plus la parole, ne voulurent même plus me parler au téléphone. J'ai écrit à mes enfants une longue lettre pour leur expliquer les méandres psychologiques par lesquels j'étais passé, que tout cela venait d'une machination, qu'avant d'être coupable, j'étais une victime. Ils ne m'ont jamais répondu. J'ai su au bout de trois mois qu'ils avaient définitivement quitté le territoire.

Bien plus tard, j'ai réalisé que les menaces avaient cessé presque en même temps que l'envoi de la lettre de mise à la retraite anticipée.

République Algérienne Démocratique et Populaire

Ministère de l'hydraulique et des ressources en eau

Circulaire N° 158 / JK. 11

Distribution de l'eau potable dans les grandes villes

Il y aura une amélioration et une sécurisation de l'alimentation en eau cet été. Nous avons décidé d'améliorer la situation, car durant cette période la demande des ménages en matière de l'eau sera plus forte. Les plages horaires seront améliorées. La mesure sera appliquée différemment selon les régions. Pour certaines localités, nous passerons d'une distribution à hauteur d'un jour sur cinq (1/5 jours) à une alimentation d'un jour sur trois (1/3 jours). Pour la capitale, le service sera assuré quatre (4 h) heures/jour au lieu de une (1 h) heure/jour actuellement ; toutefois, nous n'excluons pas le recours, une nouvelle fois, à de légères restrictions dès le mois d'octobre prochain. Pour ce printemps, nous ne comptons pas introduire de changements, malgré l'augmentation du taux de remplissage des barrages à la faveur des dernières précipitations.

4

Depuis longtemps deux écrivains cohabitent difficilement en moi et malmènent ma conscience. L'un, officiel, dont les « œuvres » sont enseignées dans les collèges et universités, et l'autre, « maudit », que je croyais être à vingt ans et ne cessais de censurer. Au début, l'un admirait l'autre, lequel avait honte de l'un, mais au bout du compte, le premier finit par engloutir le second et le fondre dans le moule du fonctionnaire de la raison d'État.

Ensuite, il y a eu les menaces et la perte de ma famille. Depuis, j'ai appris à vivre seul et à regarder vivre mes voisins. J'ai commencé à dire bonjour, à écouter, à observer, à me sentir concerné par les problèmes concrets de la cité. Je devenais, pour la première fois de ma vie, un citoyen. Un citoyen d'une toute petite république.

Doucement ressurgit le besoin d'écrire. Écrire autre chose que les sempiternelles hagiographies des Saints patrons de la Révolution. Écrire, ce besoin primitif de dessiner sur les murs des grottes les peurs, les rires, l'amour et la mort afin de leur trouver des échappatoires salvatrices. Je n'en dormais plus. La rage, la colère, la douleur, la vengeance, la lucidité retrouvée, nourrirent le moteur d'une nouvelle énergie créatrice.

Il faut avouer que je ne me faisais plus aucune illusion sur mon talent ou ma capacité à mener jusqu'à son terme un récit romanesque. J'étais le premier à reconnaître n'avoir ni le souffle, ni le style, ni le bouillonnement intérieur qui font l'originalité d'un homme de lettres. L'imagination ne me manquait pas, mais l'énergie consacrée depuis si longtemps à m'autocensurer, lisser mon langage et brider mon inspiration, avait fini par éteindre la flamme que certains critiques avaient décelée dans mes nouvelles de jeunesse.

Mais il ne me suffit d'avoir renoué avec la conscience de l'écriture, de relâcher la bête refoulée. Encore fallait-il trouver une histoire, un style tenant le lecteur au collet sans jamais qu'il lâche prise. Je ne savais pas ou plus comment faire. J'ai passé des heures à boire comme un trou, fumer comme un pompier et noircir en vain cahier sur cahier, geignant sur mon impuissance à produire une seule idée qui ait du chien. À chaque tentative, le style ampoulé et vague de l'écrivaillon officiel pratiqué trente ans durant revenait à la charge comme une seconde nature.

Je jetais les cahiers et décidais alors de repartir de zéro, ressusciter le plaisir et la curiosité de l'observateur précoce que je fus. Je me suis attelé à retrouver les premiers émois de l'observation du monde, raconter la vie quotidienne des gens qui m'entouraient, explorer mes propres déséquilibres et diagnostiquer ma lente déchéance. J'ai commencé par écrire des petits bouts de pensées et aligner au hasard Balthasar des notes dénuées de toute intention philosophique, rédigeant des fiches sur tout et n'importe quoi.

Influencés par leurs souvenirs de mes passages à la télévision, du temps de ma « gloire », mes voisins exprimaient une certaine empathie envers moi, à moins que ce ne soit de la pitié feinte, de la condescendance déguisée, ou bien me confondaient-ils tout simplement avec quelqu'un d'autre. J'ai toujours eu des rapports obligeants à leur égard et ils savent que j'aime les écouter, les regarder vivre. Je les aime sincèrement, du fond du cœur. Cet amour est peut-être dicté par ce qu'il reste en moi de préceptes socialistes, mais sans doute aussi, par la force des choses, le peuple est-il devenu ma matière première, mon poisson, mon océan, mon gibier et ma jungle – mon domaine de chasse. Le chasseur aime sa proie, connaît mieux que personne son environnement. J'ai donc commencé d'observer ce microcosme d'humanité avec un appétit nouveau, comme pour rattraper les années perdues à ne le voir que sous la lorgnette de l'idéologie ou à travers les vitres fumées des voitures de hauts responsables que j'accompagnais durant leurs déplacements sur le terrain.

Aujourd'hui, comme une fourmi, je glane les minuscules événements sortant de l'ordinaire par leur teneur étrange, caustique ou dramatique. Je dresse un fichier d'histoires des gens de mon quartier. Parfois, leurs acteurs viennent eux-mêmes me les raconter, des écrivains en herbe rédigent leurs tourments intérieurs et me les apportent dans l'espoir que je les aide à les faire publier. On glisse sous ma porte des suppliques, des requêtes, des menaces, des injonctions, des épanchements, des lettres d'amour, des lettres de mort.

Au bout de quelques mois, ma chambre-bureau devint une sorte d'ordinateur primitif jonché de cahiers, blocs-notes et feuillets remplis de morceaux de vie, d'anecdotes, de mots d'esprit, dialogues, esquisses de situations ou de personnages. Je découpe et colle sur les murs des notes que je surligne par catégories de couleurs destinées à faciliter l'identification des thèmes, et les numérote pour organiser les assemblages qui me semblent appropriés pour une histoire ou pour une autre. Tiroirs, casiers, valises en carton et boîtes à chaussures regorgent de bandes magnétiques et de cassettes audio saturées d'interviews, de discussions d'apparence anodine, d'altercations ou de débats importants. J'enregistre tout ce qui peut tomber dans le creux de mon oreille et décris tout ce que mon regard peut embrasser. Chaque souffle, chaque anecdote, chaque action sont scrupuleusement consignés. J'ai appris à deviner, à sentir intuitivement la tournure que pourrait prendre telle ou telle situation pour déclencher le bouton d'un enregistreur miniature tapi au fond de ma poche. Lorsqu'il manque des éléments à une histoire que je juge porteuse de dramaturgie, j'enquête pour en combler les lacunes.

Ce matériel, ces matériaux composites, je l'ai amassé sans trop savoir exactement pourquoi. Je n'y pensais même plus. J'ai pris goût à cette activité, devenue une passion se suffisant presque à elle-même. Je n'étais plus dans l'obligation d'aller au bureau et j'avais intérêt à me faire oublier pour éviter de tomber entre les mains des liquidateurs qui couraient les rues à la recherche de cibles médiatiques à abattre comme des chiens. J'ai passé le plus clair de mon temps terré chez moi à coucher mes observations sur le papier.

J'avais du pain sur la planche.

La cité, formée de quelques immeubles ne dépassant pas cinq étages, avait été construite à la fin des années soixante-dix. Elle sert de dépotoir humain à tous les cas désespérés de la crise de logement qui règne depuis l'indépendance. On y case aussi bien un professeur de mathématiques à l'université ayant vécu jusque-là dans une chambre minable d'un hôtel de passe qu'une tribu entière de bergers des hauts plateaux dont le troupeau de moutons a été ravagé par la sécheresse au fur et à mesure de sa transhumance vers le Nord. L'un des immeubles est aux trois quarts occupé par des sinistrés de la vieille Casbah d'Alger dont le logement s'est effondré à cause de la vétusté et du manque d'entretien, la secousse d'un tremblement de terre l'ayant aidé à rendre l'âme.

Le ministère de l'Habitat, souvent harcelé par le bureau central du FLN, en accord avec la présidence de la République, faisait pression sur le préfet afin d'inciter le maire à se démerder pour caser un ancien combattant, un militant, un parent, un malade, un ami ou un émigré de retour désireux d'investir dans la région.

Lorsqu'il n'y eut plus de logements disponibles, des responsables de la municipalité vinrent en costume cravate inciter des familles de loqueteux à quitter leurs appartements, leur promettant des résidences plus spacieuses dans une « cité paradisiaque qui sera construite dans un futur proche, très proche, juste là, en bas, au bord de la mer ». Beaucoup de gogos analphabètes se laissèrent séduire, se retrouvant dehors avec femme et enfants, pour la plus grande joie d'un vieil ami d'une relation du maire ou un cousin du planton du préfet dont le fils venait juste de se marier.

Après la victoire écrasante du Front Islamique du Salut aux élections municipales de juin 1990, les maires du FIS dressèrent la liste des appartements occupés par des familles peu nombreuses et des couples sans enfants afin de leur imposer de les partager avec d'autres familles, fidèles celles-là en leur idéologie. On vit alors débarquer tous les jours des hordes de femmes voilées et de barbus, suivis d'une armada de bambins en *kamis*[1] frapper aux portes des bonnes gens, exhiber une patente

1. Tunique blanche des islamistes.

signée du maire leur permettant, noir sur blanc, de partager leurs habitations avec eux.

Quant aux personnes qui vivaient seules et occupaient des logements de plusieurs pièces, c'était pour les nouvelles autorités une hérésie inimaginable. Elles proclamèrent une *fatwa* dénonçant cette situation illicite. Des brigades occultes expulsèrent les célibataires de leur appartement en leur expliquant que, selon la nouvelle législation inspirée de la charia, les hommes ou les femmes non mariés, honnis de Dieu, n'avaient par conséquent pas le droit d'occuper des espaces aussi vastes alors que des familles entières de croyants étaient à la rue.

Pendant cette période d'anarchie et de folie qui dura quelques mois, je dus moi-même prier deux de mes sœurs de s'installer chez moi avec leurs enfants afin de faire croire que j'étais un père de famille très prolifique. Cette parade me permit d'éteindre le feu qui brûlait dans les cœurs de ceux qui convoitaient mon espace vital. La nombreuse et bruyante progéniture de mes deux parentes saccagea mon appartement et m'empêcha de me concentrer sur mon travail d'écriture, mais malheur à celui qui sonnait chez moi sans un prétexte valable. La plupart des quelques célibataires de la cité firent de même en recrutant dans le vivier de leurs neveux et cousins qui pullulaient dans les quartiers pauvres d'Alger, les villages de l'Atlas tellien, ou de la Haute Kabylie, détentrice du record mondial de densité démographique.

Monstrueuse crise du logement oblige, mis à part les quelques familles les plus méritantes exhibées à la télévision le jour de l'inauguration de la cité, nous faisions tous partie de ceux ayant actionné le tout-puissant piston d'une autorité civile ou militaire. Il était impossible qu'il en fût autrement. Les seules façons d'obtenir le moindre service dans ce pays étaient la gabegie, le passe-droit, et la place que tient votre patronyme dans le classement des familles influentes.

La cité est une tour de Babel, un laboratoire de toutes les composantes sociales du pays. Un chercheur en énergie nucléaire peut se retrouver voisin de palier d'un vendeur de cigarettes à la sauvette. On peut croiser un homme qui promène son chien en sifflant parfaitement un air compliqué de *LaTraviata* et recevoir sur la tête quelques mètres plus loin le contenu d'une poubelle qu'un produit récent de l'exode rural balance du dernier étage, prenant la cour de la cité pour le fond d'un ravin chargé de recueillir les ordures ménagères.

Jusqu'au jour où les habitants réussirent à s'asseoir autour d'une table pour débattre du projet d'acheter une antenne parabolique collective, il était difficile de trouver une solution pacifique à un banal litige entre voisins. Une conférence houleuse à la morgue, au moment où l'on procède à la reconnaissance des corps devenus méconnaissables à force d'avoir entretenu la polémique, clôturait parfois le débat.

Ainsi, mes fiches jusque-là ressemblaient-elles à des rapports de police, bien qu'il m'arrivât de temps à autre d'y injecter un brin de poésie. Mettant brutalement fin à sa vie paisible et routinière, l'événement survenu à mon voisin Nasser me donna pour la première fois le désir d'aller plus loin que la simple transcription d'histoires de gens que je couchais sur le papier de façon désincarnée.

5

J'ai croisé Nasser sur le palier par une nuit sans eau, il y a quelques mois. Il devait être une heure du matin. Je revenais d'une de mes escapades nocturnes aussi imbibé qu'un tampon de coton tombé dans un verre d'eau. Vers ces heures-là, mon voisin du cinquième étage allait rejoindre Malika, qui habite au rez-de-chaussée quand elle n'est pas en « voyage d'affaires ».

Tout en ânonnant les formules de salutations d'usage, il me tendit sa main en essayant de maîtriser un tremblement. J'ai tout de suite compris que quelque chose le tourmentait. Je l'ai invité à boire un verre chez moi, et il a accepté.

Je lui ai servi une rasade de *Pelure d'oignon*, ce rosé léger, favori des amateurs d'apéritifs anti-stress, bien jusqu'au bord pour le mettre à l'aise. Il l'a sifflée comme s'il s'agissait d'une vulgaire limonade et m'a tendu son verre vide, geste qui dénotait la perte d'un peu de sa timidité. Sa main ne tremblait déjà plus qu'à moitié. Sirotant le deuxième, il retira de la poche de son blouson une lettre pliée en deux, et me la tendit.

Une lettre de menaces de mort.

Après l'avoir lue attentivement pour l'apprendre par cœur afin de la retranscrire, je l'ai retournée plusieurs fois dans tous les sens pour observer détails et indices susceptibles d'enrichir la fiche de mon invité. Pendant ce temps, il ne se gênait plus, se servait tout seul, allant jusqu'à secouer la bouteille vide devant moi, geste signifiant en arabe dialectal « il faut en ouvrir une autre, s'il vous plaît ».

Tout en débouchant une autre bouteille, je l'ai questionné sur les circonstances dans lesquelles il avait reçu l'objet de son trouble et l'ai engagé à me raconter ses états d'âme depuis le début. Pour mon bonheur, Nasser désirait parler et partager sa peur, mais par-dessus tout voulait comprendre. Accablé, il ne cessa durant toute la soirée de se meurtrir en ponctuant son récit de « Pourquoi moi ? Qu'est-ce que j'ai fait pour que le sort s'acharne sur moi ? Je n'ai fait de mal à personne, ils vont m'égorger ».

J'ai demandé à mon invité de m'accompagner dans mon bureau avec son verre. D'une boîte de « Galettes de Pont-Aven » j'ai sorti un paquet d'enveloppes que j'ai posé sur un guéridon. Avant d'ouvrir la première, j'ai rempli mon verre à ras bord de *Pelure d'oignon*. Bien que j'aie réussi à museler ma peur, j'étais à chaque fois saisi d'épouvante au contact de cette littérature barbare.

J'ai expliqué à Nasser que mes expéditeurs, certains qu'elle me serait transmise, m'avaient adressé la première lettre au bureau de l'AFP et aussi pour me signifier que j'étais assimilé au *Hizb frança,* le « Parti de la France ». Voulait-il que je lui en lise quelques passages ? Il a acquiescé, tout excité. Il n'attendait que ça. Il voulait comparer, se rassurer. Entendre les mêmes mots destinés à quelqu'un d'autre l'aiderait à se distancier de la chose.

— Avant de commencer, jure-moi sur ce que tu as de plus cher au monde, en posant la main sur ton cœur et en regardant dans la direction de La Mecque, car je te sais croyant, que de tout ce que tu entendras ici ce soir, tu ne répéteras rien à personne.

— À personne, je le jure !

— Même pas à ta mère…

— Même pas à ma mère ! Je le jure, dit-il en tremblant et en exécutant de façon théâtrale le rituel que je lui commandais.

— Alors, assieds-toi et écoute.

Tournant dans mon bureau comme un instituteur dicte un texte à ses élèves, j'ai déclamé, en appuyant sur les expressions importantes, séparant parfois les syllabes afin de rendre les mots plus compréhensibles : « *Au nom de Dieu le Clément, le Miséricordieux, l'Unique, qui n'a pas créé ni n'a été créé... la complicité de Zakaria... chiens d'Infidèles... Infi-dèles... et leurs vassaux... depuis les croisades... décidé à l'una-ni-mi-té... paiera de sa vie... péri-ra... lapidé... découpé en suivant le chemin des join-tu-res na-tu-relles de son corps... envoyés à un membre de sa famille... restes jetés aux chiens er-rants...* »

— Arrête ça ! a crié Nasser, lâchant son verre et fonçant la bouche ouverte vers les toilettes où il vomit le plein de *Pelure d'oignon* auquel il s'était adonné sans retenue.

— Il y a un bidon à gauche du bidet et une bassine jaune pleine d'eau dans la salle de bains. Sers-toi de la serviette suspendue à un clou à gauche du lavabo... la rouge !

J'eus l'impression bizarre de me parler à moi-même. La première fois que j'avais lu cette lettre, différente des autres par le style et la succession des supplices qu'elle me promettait, j'avais réagi comme Nasser. Le même haut-le-cœur, le même geste de courir vers les toilettes pour y expulser de mon ventre le contenu des deux bouteilles de rouge que j'avais sifflées pour noyer mon angoisse.

Pendant que Nasser se refaisait une beauté, j'ai replié soigneusement la lettre. Il était inutile d'ouvrir les autres. Je l'ai glissée dans son enveloppe et l'ai reposée à sa place sur le tas qui dormait depuis des mois dans la boîte de biscuits bretons. Soudain, l'amoncellement de lettres m'évoqua une fosse commune dans laquelle reposeraient plusieurs cadavres de moi, tout petits, tout morts, aplatis, desséchés, pliés dans des enveloppes-linceuls de toutes les couleurs.

Nasser est revenu un moment plus tard, pâlot, l'air perdu, marmonnant des syllabes en guise d'excuses, bricolant des mots sur sa gêne. Son délabrement me déchira le cœur. Il me déchira le cœur, car ce n'était plus seulement lui que je voyais, c'était aussi moi. Un autre « moi », transfiguré, qui m'avait fait face peu de temps auparavant avec le même fragile étonnement devant l'idée de la faucheuse soudain visible, soudain possible, envisageable. Elle était peut-être là d'ailleurs, en ce moment même, en train d'aiguiser son plaisir, tapie à l'angle mort de deux ruelles sombres ou derrière une porte. Elle pouvait surgir de n'importe quel putain de coin pourri de ce monde, cet étau resserrant jour après jour ses mâchoires sur ce qu'il nous reste d'utopie : vivre juste quelques jours de plus.

J'ai proposé un whisky à mon hôte. Il a refusé net et m'a demandé l'autorisation de s'allonger quelques minutes sur le divan du salon afin de retrouver ses esprits et ne pas alerter sa mère. Elle commençait à se poser des questions sur son comportement bizarre. Une fois Nasser allongé, tel un psychanalyste improbable, je tirai un fauteuil et l'approchai du divan sur lequel gémissait mon invité.

« Tu vois, lui dis-je, profitant de sa présence pour me parler à moi-même à voix haute, aidé en cela par le second état d'ivresse qui venait de s'emparer de moi, mais aussi par l'occasion impromptue d'avoir un confident en chair et en os si accaparé par ses propres tourments qu'il n'entendrait pas les miens, tu vois, je pense que tout ça doit relever d'une vaste machination qui nous dépasse et à laquelle il n'y a pas de réponse concrète. En ce qui me concerne, c'est clair. Je fais partie de ceux qui sont naturellement visés. Mais toi, je ne comprends pas. Ton nom a peut-être été choisi au hasard pour faire partie d'un échantillon populaire expérimental déterminé par un groupe occulte pour sonder le degré de peur qui lui permettrait ensuite de concevoir l'arsenal psychologique à déclencher afin de tisser une toile de terreur collective. Tu vois ce que je veux dire ? »

Et, d'une voix monocorde rythmée par les silences de la pensée qui se cherche, j'ai descendu marche après marche les limbes de ma mémoire pour retrouver les actes pouvant le mieux expliquer à cet homme à moitié inconscient, allongé sur mon divan et que je connaissais si peu, le calvaire de ma vie, mon chagrin et ma pitié du monde.

À ce technicien du gaz, efficace et honnête, si touchant et si fragile, loin des tourments du débat intellectuel et des affres de la culpabilisation, j'ai parlé de mes choix et de mes erreurs.

À cet homme au corps livide, allongé comme un père ou un vieil oncle en agonie avec qui l'on n'aurait rien partagé, je me suis livré avec l'indélicatesse de celui qui aborde pour la première fois des sujets longtemps demeurés tabous. J'avouais tout sans retenue, me gardant toutefois de ne pas laisser échapper certains détails de ma vie éventuellement compromettants si sa mémoire les enregistrait et les resservait par mégarde.

J'ai mis fin à mon introspection confuse au moment où je me suis rendu compte que Nasser, abruti par l'alcool et la peur, dormait. Devant le spectacle de ma propre déconfiture, j'ai éclaté en sanglots avec l'impression de pleurer du whisky.

Une fois sec, je suis allé dans mon bureau griffonner quelques lignes pour ne pas perdre l'essence des émotions traversées, notant les états psychologiques par lesquels était passé mon invité, et enfin cette pensée utile : « *Mardi 06/ 10/ 1992. La gratuité, l'absurdité avec lesquelles sont décrits les sévices qu'on veut infliger à un type aussi innocent et insignifiant que ce garçon effondré sur mon divan donnent la mesure de ce que ce Big brother new look (en gestation ?) nous prépare…* »

J'ai réveillé Nasser une heure plus tard. Aux questions qu'il ne cessait de ressasser, j'ai répondu par n'importe quel bobard me passant par la tête. Il fallait lui remonter le moral. Utilisant des clichés éculés depuis un temps déjà, je lui ai dressé la liste de précautions d'usage, comme éviter de sortir le jour pour ne pas être repéré. « Tu vas devenir un oiseau de nuit, maintenant. Tout comme moi », lui dis-je en plaisantant. Mais il était ailleurs et n'entendait plus rien. Je l'ai raccompagné jusqu'à sa porte en le soutenant pour éviter qu'il ne s'effondre dans l'escalier.

L'histoire de Nasser, me suis-je dit une fois chez moi et en me resservant un dernier verre qui allait m'assommer pour la journée, sera mon cheval de Troie. Elle sera la ligne conductrice du premier livre de ma renaissance littéraire, le livre de la Rédemption. Je la vampiriserai pour raconter la mienne.

J'ai dormi toute la journée. Mon sommeil fut agité par les sensations fortes de la nuit précédente et mes délires du matin sur le cheval de Troie mirent mes rêves à mal : Rimbaud manqua perdre la vie en croisant l'épée avec le vaillant Achille. Nasser déguisé en Comanche attaché à un poteau de torture près duquel le docteur Frankenstein sciait les jambes de Dostoïevski. Ma femme ne cessait de crier que je n'écrirais jamais rien de bon de ma vie. Les feuilles de papier engagées dans la machine à écrire happées automatiquement par le rouleau disparaissaient dans les limbes des *engrenages* mécaniques.

Je me suis levé vers dix heures du matin, pour aller acheter les journaux que Hocine, le kiosquier de la bourgade voisine, me mettait de côté. Juste avant mon réveil, j'avais rêvé que je jouais aux courses à l'hippodrome du Caroubier. Sur la piste, les chevaux harnachés pour une fantasia dansaient sur place. Ils posaient leurs genoux à terre pour faire les beaux devant la tribune officielle où trois cents Boumediene assis fumaient des cigares cubains. Pourquoi les chevaux ne courent-ils pas ? J'ai misé ma vie dans ces bourrins, ne cessais-je de dire à Blaise

Cendrars chevauchant une horloge. À mon retour du kiosque, j'ai posé la pile de journaux sur la table de la cuisine, je me suis fait une omelette à la sauce tomate, accompagnée d'un grand verre de rouge pour m'assommer de nouveau et je suis allé me recoucher.

En me réveillant vers la fin de l'après-midi, je me suis rué sur un reste de ragoût aux pommes de terre à l'agneau apporté la semaine d'avant par une de mes sœurs d'Alger. J'ai raclé le fond de la marmite avec un quignon de pain de trois jours et je me suis planté devant mon bureau où j'ai fait régner un semblant d'ordre en poussant tout et n'importe quoi pour faire place nette à ma machine à écrire. J'ai calé une feuille blanche contre le rouleau, et fermé les yeux pour retrouver mes premiers bouleversements. Les projeter dans l'histoire de Nasser.

Après quelques minutes de concentration, l'histoire de la lettre de menaces de Nasser s'est écrite toute seule.

6

« Tu mourras !

Tu mourras d'une mort inconcevable, inimaginable pour ta petite cervelle de mécréant, Ô homme de peu de foi. Ta vie te sera ôtée dans la douleur. Tu souffriras d'accoucher ta propre mort comme ta mère a souffert pour te mettre au monde. En vain tu supplieras, en vain tu invoqueras les canons du pardon et de la miséricorde que les hommes de ton espèce, vanités exécrables, ont inventés afin d'accéder à l'incommensurable bonté divine. Le doigt de Dieu s'est pointé sur toi… »

Nasser sentit la terre s'ouvrir sous ses pieds. Il crut d'abord à une erreur, mais son nom, minutieusement calligraphié sur l'enveloppe, écartait tout malentendu. Il pensa ensuite à une plaisanterie de mauvais goût, puis frissonna en prenant soudain conscience que la roue du loto de la mort, qui se jouait beaucoup en ce moment, venait peut-être de désigner son numéro. La vision du petit morceau de savon signifiant la toilette funèbre et du bout de tissu blanc figurant un linceul, objets accompagnant la lettre, provoqua en lui un effroi inconnu. Jamais il n'aurait imaginé qu'une simple enveloppe fermée avec un morceau de scotch sale, portant trois timbres disjoints oblitérés par deux tampons illisibles, pourrait véhiculer autant de désarroi. En rentrant chez lui, la veille, il l'avait trouvée dans sa boîte aux lettres dénuée depuis longtemps de porte, comme la plupart des boîtes aux lettres de l'immeuble.

D'habitude, le facteur glissait le courrier sous sa porte. Dans le pays, on en reçoit très peu, ni feuilles d'impôts, ni courrier bancaire, ni tracs publicitaires, pas d'abonnement aux journaux non plus ni de mises en garde quelconques. Quant aux effusions, les gens préféraient le contact chaleureux de l'oralité, qui permet de lire dans les yeux et dans les mains.

Depuis quelques mois, les lettres de

menaces étaient si courantes que le facteur venait plus souvent dans le quartier. Des amis ou des proches de Nasser en avaient reçu quelques-unes, au contenu aussi gratiné que la sienne. Certaines étaient rédigées dans des styles fantaisistes ou grotesques, d'autres portaient la griffe d'illustres personnages ou groupes de l'ombre dont le sigle faisait froid dans le dos. Elles contenaient les griefs que la philosophie de ces formations occultes condamnait, et exposaient le jugement que la cellule rédactrice avait prononcé contre leurs destinataires. Les menaces étaient rarement suivies d'effet. Il arrivait cependant que les supplices promis se réalisent.

La panique que ces missives suscitaient firent même découvrir à certains un moyen de vengeance redoutablement efficace. L'eau débordait d'un balcon au moment où le locataire lavait son appartement? Deux jours plus tard il recevait une condamnation à mort signée *Les Fidèles du Prophète*.

Nasser n'avait jamais imaginé que cela pût lui arriver un jour. Il n'avait jamais porté tort à quiconque et ne se connaissait aucun ennemi. Il ne rentrait pas non plus dans l'échantillon des personnes susceptibles d'attirer ce genre de calamités ; technicien à la Société Nationale de Distribution de Gaz n'était pas un poste clé dans l'administration. Il n'avait jamais participé à une manifestation et ne soutenait aucun parti politique.

Il porta plainte au commissariat de police du centre ville le lendemain du jour où il reçut la lettre. L'inspecteur le balaya du regard comme s'il venait de voir débarquer un Martien ou un touriste lapon. En appuyant son propos d'un vrillage de mains chargé de signes cabalistiques où se mêlaient fatalité, hauteur et dédain - geste, typiquement algérois, il lui dit :

— Moi aussi j'ai reçu des lettres de menaces ! Nous sommes la première boîte aux lettres de ce genre de correspondance. Le policier en est le cobaye et le destinataire privilégié. Il en arrive tous les jours. On ne les lit même plus. Regardez !

Il ouvrit le tiroir du bas de son bureau métallique et montra d'un geste dégoûté un paquet de lettres de différentes dimensions.

— Que dois-je faire, alors? dit Nasser, ahuri.

Le policier alluma une cigarette tout en le regardant de haut en bas pour se faire une petite idée du genre d'idiot planté devant lui :

— Est-ce que vous buvez ?

— Oui, bien sûr !

— Je veux dire, du vin ?

— Heu ! Ça m'arrive.

— Vous avez une petite cargaison chez vous ? dit le flic.

— Non. Pourquoi cette question ?

— En dehors de l'exil, c'est le seul remède qui a fait ses preuves contre l'angoisse des lettres de menaces. Vous connaissez le marchand de spiritueux qui se trouve dans le quartier ?

— Ben... Oui... Euh... Non ! lâcha machinalement Nasser.

— Sur votre gauche en sortant, deux rues plus haut. Vous en aurez bien besoin pour tenir le coup. Bon courage !

— Mais je n'ai pas de voiture !

— Oh, dites donc, je ne suis pas chargé de m'occuper du problème de transport des citoyens, s'énerva le flic, il y a un ministère pour ça !

— Mais vous n'imaginez tout de même pas, dit Nasser d'un air penaud, que je vais traverser la ville d'Alger en autobus avec une caisse de vin dans les bras. Par les temps qui courent, je vais me faire lyncher !

– Sortez ! hurla le flic.

Nasser eut encore plus peur en sortant du commissariat qu'en y entrant. Respectueux de la loi et considérant qu'elle était au-dessus de tous et de tout, prêtant naïvement aux services de sécurité de tout poil une capacité d'action et de dissuasion quasi surnaturelle, il pensait qu'une simple plainte déclencherait des opérations de recherche aboutissant à la mise hors d'état de nuire des fauteurs de trouble. L'impuissance dont se réclamait l'officier l'avait ébranlé et placé devant une vérité terrifiante : « Nul ne peut rien faire pour toi, tu es seul, débrouille-toi. » L'incapacité des forces de l'ordre avait tout d'un coup mis en évidence la puissance des terroristes. Un gouffre se creusa en lui. Il eut besoin de vite le remplir avant d'y être englouti.

Il comprit seulement à ce moment ce que le flic avait affirmé à propos du vin ou de l'exil comme remèdes. L'exil, Nasser n'y songeait pas. Restait le vin. De toute façon, il n'avait pas attendu les conseils de ce drôle de flic pour être convaincu des bienfaits du raisin fermenté. Il avait toujours été un adepte raisonnable de cette forme de thérapie. Mais le policier venait de le convaincre que le vin ne serait plus un loisir mais un médicament anti-dépresseur à ingurgiter régulièrement et en quantité largement supérieure à la moyenne nationale.

La queue devant le caviste est telle qu'elle déborde sur la chaussée. Il y a beaucoup de menacés, se dit Nasser. La plupart des clients, des hommes, épaules basses, mains dans les poches, trépignent sur place en regardant par terre pour échapper aux regards inquisiteurs des nombreux adeptes du culte affluant vers la mosquée située plus haut.

L'antre du marchand de vin est un véritable boui-boui. Le patron, un homme d'une soixantaine d'années doté d'une bedaine généreuse pesant sur des gambettes aussi fluettes que des échasses, traîne sa longue carcasse d'un bout à l'autre de l'établissement. Il ne sourit jamais. Les bouteilles de vin, serrées les unes contre les autres sur des étagères métalliques mal assemblées, guettent le chaland comme un cheptel de prostituées clandestines ; les bières, rangées dans des caisses grossières, font figure de fiancées en attente d'être violées par des pervers assoiffés d'ivresses primitives.

Le marchand saisit les bouteilles et, en un remarquable tour de main, les enroule dans des feuilles de papier journal avant de les remettre aux clients. Ce rituel annule leur charge pécheresse, les fait disparaître en les couvrant d'un voile de pudeur rédemptrice. Il faut dire qu'ici la culpabilité suinte de partout. Elle cuit dans son jus, baigne dans un bouillon de culture marginale, haïe, montrée du doigt et désignée à la vindicte populaire. Il n'est pas rare de croiser de jeunes enfants lapidant avec une violence hystérique de pauvres ivrognes que la vie a jetés sur le carreau. Boire de l'alcool, depuis l'arrivée des « purs et durs », c'est vivre sur le fil du sabre.

La ville est truffée de cette sorte de tripots. Il y en a partout, et même si l'engouement en faveur de l'ivresse thérapeutique ne baisse pas les bras, tout est organisé pour faire croire qu'elle n'existe pas. Pour renverser la vapeur de la culpabilité, les amoureux de la dive bouteille ont inventé un humour ravageur nourri d'une philosophie populaire qui fait de l'ivrogne un homme libre, un poète de la lucidité, un pourfendeur de la bigoterie ambiante. Le buveur de vin est un Don Quichotte qui se bat contre les moulins de la morale, érigés tels des *check points* sur le vaste champ du puritanisme galopant.

Dans la file d'attente, Nasser se rappelle cette histoire lue il y a quelques mois dans un journal. La vie d'un œnologue des coteaux de Médéa, du temps de la colonisation. Ce très vieil homme, qui venait d'accomplir le pèlerinage à La Mecque, n'avait jamais bu de sa vie ni failli au strict accomplissement de ses devoirs religieux. Pour lui, avait-il dit au journaliste, goûter le vin, le sentir, le tourner cent fois dans sa bouche afin d'en déterminer la puissance et le caractère, était un travail comme un autre. Il n'en ressentait aucune culpabilité et croyait fermement que, le jour du jugement dernier, Dieu ferait pencher la balance du bon côté. Jamais ses coreligionnaires ne l'avaient mis à l'index. Ils considéraient au contraire son travail comme une tentation de Satan à laquelle il n'avait jamais succombé, et applaudissaient la pirouette de jouer avec le feu de l'interdit sans jamais le transgresser. Il gagnait de ce fait un surplus de respect à leurs yeux. « Autre temps autre mœurs ! » se dit Nasser au moment d'être servi.

— Deux bouteilles de coteaux de *Mascara*, s'il vous plaît ! lança-t-il au marchand taciturne.

— Il n'y a que du *Lion du Thessala* ! répondit l'autre.

— Ah bon ! s'étonna Nasser.

— Remercie le diable d'arriver encore à se faire une petite place dans ce pays, et prends ce qu'il te donne, mon frère. Ce sont peut-être les dernières bouteilles que tu vois dans ta vie, alors décide-toi vite, ce ne sont pas les clients qui manquent…

— Alors, deux *Lion du Thessala* ! Qu'importe l'étiquette pourvu qu'il y ait du vin.

En rentrant chez lui, vers la fin de l'après-midi, Nasser ne lança pas le bonjour habituel à sa vieille maman. Il se faufila vers la cuisine et extirpa rapidement du sachet de victuailles les deux bouteilles de *Lion du Thessala* nichées entre des pieds de céleri, des concombres et le journal du soir tout froissé à force d'être lu en attendant le bus. Il ouvrit la porte du placard et coucha délicatement les Dives sur un lit de vieux journaux pleins de mauvaises nouvelles qui emplissaient la dernière étagère, celle que la petite taille de sa maman ne permettait pas d'atteindre en cas de curiosité, un vilain défaut.

— Bonjour, maman, cria-t-il, regarde, j'ai trouvé des sardines. C'est incroyable, non? Des sardines fraîches ! Tu te rends compte? cria-t-il, une fois caché le vin.

Sa mère accourut, remplie de l'immense joie de voir réunies les deux choses qu'elle aimait le plus au monde : son fils aîné et les fritures de sardines. Elle embrassa affectueusement le premier et se mit vite en posture de préparer les secondes.

À trente-cinq ans, Nasser n'était pas encore marié. Depuis que le ministère de l'Habitat lui avait accordé ce logement après quinze ans d'attente sur une liste prioritaire, il avait promis à sa mère d'y penser sérieusement chaque fois qu'elle secouait la tête d'un air malheureux en faisant allusion à son célibat. Ce soir, au jeune homme distrait qui avalait entières les petites sardines, têtes, queues et arêtes comprises, elle passa en revue les qualités intrinsèques de quelques cousines encore disponibles. À chaque évocation, Nasser soupirait, revisitant en imagination ses promises, dont les traits disgracieux se mêlaient aux phrases terribles de la lettre de menaces : *« Tu mourras comme tu es né... »*

– Non, maman, je ne veux pas me marier avec l'une de mes cousines, ni avec personne d'ailleurs !

– Tu ne vas pas rester comme ça, tout seul toute ta vie, mon fils !

– Maman, je ne vais pas me retrouver seul puisque tu es là ! Allez, va dormir et n'oublie pas de prendre ton médicament. Il est déjà neuf heures presque et demie !

– N'oublie pas de me remonter le réveil, mon garçon, tu sais que c'est la nuit de l'eau, aujourd'hui.

– Oui, maman, au lit, maintenant !

Treize minutes exactement passèrent entre le « bonne nuit, mon garçon ! » et le premier ronflement. Au troisième, Nasser engagea une cassette de Amar Zahi, où le « rossignol à la voix d'or » chante une ode du XVIIIe siècle en hommage à la sensualité et à la ruse des filles de Meknès. Le poème et la mélodie firent couler dans le cœur de Nasser un fluide de plaisir saturé d'une agréable mélancolie. Il ouvrit la bouteille de vin et, après avoir gobé un verre d'une seule traite, déplia la lettre froissée et la relut.

« *Tu mourras...* »

Un gros crabe prit naissance dans son ventre et lui noua les intestins. Il but dans un verre à thé afin de faire durer le *Lion du Thessala* le plus longtemps possible. Le contenu de la lettre de menaces, s'immisçant entre la musique et le vin, l'empêchait d'atteindre l'ivresse tant convoitée. Après avoir enserré ses intestins, le crabe avançait lentement mais sûrement, de son ventre à sa poitrine, l'étreignant jusqu'à l'étouffement. Au moment où il allait fondre sur son cœur pour s'en saisir, Nasser respira violemment et se leva. Le crabe recula immédiatement, s'éloigna et alla faire le mort dans un coin. Nasser fourra les deux bouteilles dans les poches revolver de son blouson et, après avoir ouvert et refermé délicatement la porte pour éviter de réveiller sa mère, dégringola les cinq étages qui le séparaient de l'appartement de Malika.

Épuisé par le cliquetis des touches de ma machine, vidé par l'horreur, j'ai écrasé ma quinzième cigarette dans le cendrier. Oui, c'était bien la vraie histoire de Nasser.

7

Malika fut étonnée de voir Nasser débarquer si tôt. D'habitude, il attendait que la cité soit déserte avant d'aller la rejoindre. En dehors de Nasser, pour qui elle a une immense affection, pour ne pas dire qu'elle l'aime follement, elle met un point d'honneur à ne jamais recevoir de clients chez elle afin de ne pas choquer la pudeur locale.

— Que se passe-t-il, mon chéri ? Tu es bien imprudent de venir à cette heure-ci.

Nasser aimait cette femme. Il aimait le mélange d'ironie et de sincérité qui pétillait dans ses grands yeux noirs, il aimait sa voix grave et l'extraordinaire sensualité qui s'en dégageait, il aimait le parfum capiteux que son corps brûlant exhalait sans retenue.

— Entre !

Elle referma la porte.

— Débarrasse-toi, mon amour.

Il extirpa les bouteilles de son blouson et Malika le suspendit à un portemanteau.

— Tu as faim ?

— J'ai dîné.

Elle s'approcha de lui, passa une main derrière sa nuque, de l'autre empoigna son menton, puis de ses doigts exerça une pression pour coller sa bouche contre la sienne et aspira goulûment tout ce qui est autour. « Le baiser du poulpe », comme elle l'appelle. Nasser faillit s'évanouir. Après avoir recouvré ses esprits, il s'écarta d'elle.

— Donne-moi un verre, s'il te plaît !

— Attends, un peu de patience, je vais te servir, mais pas de ce tord-boyaux. J'ai mieux que ça.

Elle souleva les deux battants d'une petite table basse qui contenait son bar.

— Regarde, j'ai fait des provisions. Tu veux un Ricard ? Un whisky ?

— Je veux de mon tord-boyaux.

— Tu ne changeras pas. Tu resteras toujours un plouc. Mon plouc adoré.

— Je n'ai pas les moyens de me payer des alcools aussi chers. Je préfère ne pas en prendre l'habitude. Tu le sais bien, j'ai été élevé au vin rouge populaire, je reste fidèle à mes origines.

— Au fond, tu n'as pas tort. Moi aussi, je viens de là. Tiens, voilà les verres, et buvons le sang du *Lion du Thessala* pour hériter un peu de sa vaillance ! Tchin !

— Tchin !

— Alors, raconte, mon amour ! Que se passe-t-il ?

— Quoi ?

— Tu as l'air tellement désemparé.

Elle avait senti le désarroi dans lequel nageait son amoureux. Elle connaissait son Nasser sur le bout des doigts, sur le bout de tout. Intuition confirmée lorsqu'en l'embrassant elle ne trouva pas la langue qu'elle cherchait. Rétractée pour échapper à l'emprise du désir. Nasser était préoccupé et ce devait être important pour qu'il mette une telle barrière entre leurs ardentes libidos.

— Tiens, dit-il en lui tendant l'enveloppe pliée en deux, lis ça.

— C'est quoi ? dit Malika en avançant sa main, une lettre ! À mesure que ses yeux parcouraient les sentences chargées de mort, le visage de Malika verdissait. Cette situation la dépassait. Elle décida de prendre la chose à la légère pour faire reculer la peur. Elle réfléchira, demandera conseil, montrera la lettre à ses contacts, mais en attendant, il faut divertir ce beau gosse de trente-cinq ans. Maintes fois, elle lui avait dit, et elle était sincère, que si elle avait rencontré quelqu'un comme lui, au début, il y a longtemps, elle n'aurait peut-être pas fait ce métier et se serait donnée à lui corps et âme. Le jour de son emménagement, lorsqu'ils la virent s'adresser avec autorité aux déménageurs maigrichons qui titubaient sous une lourde armoire, les locataires pensèrent que c'était la femme de quelque nouveau dignitaire du régime en transit dans les parages, crise du logement oblige. Sans rien laisser voir, les voisins guettaient impatiemment l'arrivée imminente de son époux pour mesurer son importance. Les jours et les mois passèrent sans que l'ombre de quelque chose qui pût ressembler à un mari fît son apparition. Ils finirent par comprendre que les hommes qui venaient parfois l'attendre dans des voitures de luxe n'étaient pas des chauffeurs envoyés par quelque ministère pour l'emmener à une réception dans une ambassade ou faire ses courses au centre de la capitale, mais bien des clients d'un genre que la morale réprouve. On finit par s'habituer à sa présence. Petit à petit, son sourire, sa politesse, son attention aux autres, son humour et son incroyable maîtrise du langage populaire, finirent par les conquérir. Personne mieux que Malika ne savait trouver les mots justes pour redonner du courage à une femme qui venait d'être répudiée, demander des nouvelles d'un malade ou présenter les condoléances les plus touchantes. Elle rendait service à ce petit monde bariolé qui vivotait dans ce pays de pénurie, où chacun était toujours en manque de quelque chose d'essentiel ou de dérisoire.

— Il ne faut pas t'en faire, tout le monde reçoit des lettres comme celles-ci depuis quelque temps, tu le sais bien. Ce sont des zigotos qui profitent de la situation pour s'amuser à faire peur. Un de mes amis...

Et Malika caressante, enjouée, rieuse, le geste théâtral, roulant des yeux, énuméra quantité d'exemples, qu'elle inventait au fur et à mesure, de personnes victimes des mêmes intimidations.

— ... Ils sont toujours en vie et se portent comme des charmes. Les auteurs de ces torchons ne sont que des lâches. Tu ne te souviens pas d'avoir prêté de l'argent à quelqu'un qui ne veut pas te le rendre ?

— Non !

— Tu n'as pas séduit et abandonné la sœur de quelqu'un ?

— Non !

— Pourquoi ils nous emmerdent, putain ! s'énerva-t-elle.

— Tu n'es pas obligée de décliner ton

métier chaque fois que tu ne comprends pas quelque chose ! Est-ce que je dis « Technicien du gaz ! » quand je m'énerve !

— Technicien du gaz c'est quand même moins érotique que putain !

— Pourquoi ils m'ont écrit, merde ? Si c'est un sale con qui s'ennuie, je comprends, c'est le mal national, mais si ça vient d'extrémistes islamistes, pourquoi ils s'en prennent à un type comme moi qui leur ressemble comme un frère jumeau.

— Ça y est, tu as viré « frérot », maintenant !

Les bigots qui la désiraient au fond d'eux-mêmes jusqu'à en perdre haleine crachaient sur son passage en récitant dans son dos des formules cabalistiques destinées à l'envoyer cuire dans les hauts fourneaux éternels. Quant à leurs épouses ou aux vieilles filles qui ne cessaient de la maudire jour et nuit, elles étaient furieusement jalouses de sa beauté, de sa liberté, de sa belle *Golf Jetta* et de ses tenues affriolantes. En secret, tout le monde la surnommait « la pute », mais en famille, afin de sauvegarder les apparences de la pudeur ancestrale, on l'appelait « L'autre », quand on était obligé de la nommer.

— Pas un frérot en religion, reprit Nasser, un frère en misère. Nous vivons dans les mêmes conditions de merde, tous comme on est !

— Tu as peur de mourir ?

— Si je mourais, ce serait vraiment une catastrophe pour moi ! Tu vois ce que je veux dire !

— Non !

— La mort ne me fait pas peur. Mais je n'ai que trente-cinq ans : je n'ai encore rien vécu. Je vais mourir en n'emportant aucun bon souvenir avec moi. Si je n'ai pas profité de la vie, comment veux-tu que la mort me respecte ? Je veux me présenter à elle la tête haute. J'aimerais faire quelque chose de cette vie dont Dieu m'a fait cadeau. Je ne veux pas arriver les mains vides devant le Très-Haut.

— Toi, tu penses comme ça ! Mais eux pensent autrement.

— Ils devraient s'en remettre à la justice divine. S'ils nous jugent avec leur esprit d'humains, ils risquent de condamner des innocents. Ils commettent une hérésie à vouloir se mettre à la place de Dieu !

— Cesse de te tourmenter maintenant et embrasse-moi. Viens, je vais reposer ce corps. Ne perdons pas de temps, c'est bientôt l'heure du réveil des stockeurs d'eau et celle d'aller se coucher pour les buveurs de vin, mon bébé.

— Ne m'appelle pas mon bébé ! J'ai déjà assez à faire avec ma vieille mère qui refuse de me voir comme un adulte accompli...

Nasser éclata soudain en sanglots.

— Pourquoi moi ? Qu'est-ce que j'ai fait ? Qu'est-ce que je leur ai fait ? Ils veulent m'égorger comme un lapin, c'est ça ? Ils veulent gagner des bons points pour le paradis en assassinant un technicien du gaz, hein ? C'est ça qu'ils veulent ?

Il se rassit violemment, empoigna la deuxième bouteille vide et porta le goulot à sa bouche pour en extirper les dernières gouttes. Il voulait barrer la route au crabe qui recommençait à remuer ses pinces et cherchait à sortir de son trou.

— Je ferai ma propre enquête, dit-elle en lui tendant un verre de whisky. De ton côté, essaie de te renseigner auprès des frérots de la cité. Tu pourrais peut-être en tirer quelque chose.

— Ce sont des gentils, ceux-là, je les connais. C'est pas eux qui…

— Oh ! Ils sont gentils, ils sont gentils… Tu ne vois que le bout de ton nez. Moi je suis sûre qu'ils sont au courant de tout ce qui se passe. Aucun de nos faits et gestes ne leur échappe. Ils doivent tous être connectés entre eux. Avant de monter, veux-tu une séance rapide d'aspi venin, pour te détendre ?

Malika considère qu'il faut extraire régulièrement le sperme. S'il stagne trop longtemps, il fermente et se transforme en venin qui donne du mauvais sang à son propriétaire. Une de ses théories fantaisistes qui d'habitude faisaient beaucoup rire Nasser, mais pas ce soir.

— Tu es gentille, ce sera pour une autre fois. Il est trois heures moins vingt et ma mère va s'inquiéter. L'eau va arriver. Je vais l'aider à remplir les bassines.

8

Certaines nuits, au début de la montée de la violence politique, il m'arrivait de commettre des fugues extravagantes au mépris du couvre-feu institué dans le cadre de « l'État d'urgence ». Le Front Islamique du Salut, quelques mois après les élections municipales, avait raflé les voix du premier tour des élections législatives. Persuadés que leur victoire au second tour n'était plus qu'une formalité, les leaders de ce parti annoncèrent aux citoyens qu'ils devaient se préparer à une nouvelle ère culturelle inspirée des us et coutumes qui prévalaient au VIIe siècle, à l'époque du Prophète Mohammed (Que le Salut de Dieu soit sur lui).

Un Comité de Salut public se constitua d'urgence pour appeler à l'annulation du second tour qui, d'après les personnalités qui le composaient, allait porter au pouvoir un « mouvement fasciste » mettant en danger les institutions de « la République ». Dès que les autorités annoncèrent l'arrêt du processus électoral, les militants du parti victorieux s'insurgèrent. Ils occupèrent la capitale et, vêtus de tenues de combat, défièrent toutes les institutions représentatives. Des milliers d'entre eux furent arrêtés et emmenés dans des camps de toile érigés en plein désert où ils furent incarcérés pendant des années. Certains réussirent à s'évader, beaucoup d'autres, innocents ou graciés, furent relâchés.

La plupart d'entre eux rejoignirent les premiers maquis, renforcés ensuite par de nouvelles recrues plus aguerries. Ces maquisards d'un nouvel ordre ne tardèrent pas à semer la terreur dans les campagnes pour rallier la population. Dans les villes se formèrent des cellules très mobiles avec comme premiers objectifs d'abattre toutes les personnalités agissantes ou sympathisantes du Comité de Salut public, puis par extension tous ceux qui ne pensaient pas comme eux ou dont la tête ne leur revenait pas. La toile de la terreur se tissa jusqu'à englober tous les domaines de la vie quotidienne. Des barrages de militaires, de gendarmerie et de police encerclèrent les villes et les campagnes, s'installèrent dans tous les endroits considérés comme stratégiques. C'est-à-dire partout.

Bravant le danger, contournant barrages

et postes de contrôle par des chemins de traverse, j'allais partager mes appréhensions avec des amis habitant les quartiers voisins. Nous essayions de démêler l'écheveau des manipulations diverses que le pays subissait et qui le menait à vau-l'eau comme on mène le veau à l'abattoir. Les estomacs noués par la peur, nous ne mangions pas. Nous buvions pour noyer dans la brume les fantômes de notre désespoir. Généralement, au bout de deux ou trois whiskies, nous comprenions les causes de nos maux et au sixième verre nous croyions de nouveau en l'avenir.

La violence est montée de plusieurs crans en quelques mois. Certains de mes amis et connaissances ont été assassinés, souvent atrocement mutilés, d'autres ont déménagé là où ils croyaient trouver un peu d'anonymat, mais la plupart ont quitté discrètement le pays pour la France, la Tunisie, le Maroc ou le Canada. Les derniers amis qui me restaient habitaient le centre d'Alger. C'était trop loin donc trop dangereux. Je ne sortais plus le soir jusqu'au jour où j'appris que *La Méduse bleue*, un bar mal famé qui se trouve sur la côte à quelques encablures de notre cité, avait adapté ses horaires aux nouvelles exigences de la vie politique. Pour éviter de perdre sa clientèle, à cause du couvre-feu, Mokrane, le patron, avait inversé les heures d'ouverture et de fermeture. *La Méduse bleue* ouvrait désormais de 23 heures à 5 heures du matin. Seulement pendant le couvre-feu. Mais qu'on se comprenne bien : les clients qui s'y engouffraient avant le couvre-feu ne pouvaient en sortir qu'à la fin.

La Méduse bleue est le reste d'une vieille bâtisse coloniale construite sur un rocher. Elle avait appartenu à un pied-noir d'origine sicilienne qui en avait fait la coqueluche de la côte ouest. La petite et la grande bourgeoisie européenne se retrouvaient dans ce lieu à la décoration inspirée de films célèbres. Il avait gardé son éclat quelques années après l'indépendance puis, petit à petit, comme tous les autres établissements, commença à être rongé par l'abandon, la clochardisation due aux pénuries générales et à la bureaucratie.

À Mokrane échut « l'héritage » des lieux. Le patron, fameux baroudeur pendant la bataille d'Alger, avait été chargé d'y commettre un attentat. Mokrane dont le physique pouvait facilement le faire passer pour un Européen n'eut pas de mal à rentrer dans le bar « Interdit aux Arabes ». Il avait déposé son cabas chargé d'explosifs au pied du tabouret sur lequel il était assis et avait commandé un pastis. C'était un fou de cinéma, Mokrane. Avant de rejoindre le mouvement armé, il ne ratait aucun film. Il avait souri en reconnaissant les décors de films célèbres et s'était extasié devant les photos de Sophia Loren, Katharine Hepburn, Marilyn Monroe, James Dean, Montgomery Clift, Burt Lancaster, Pierre Fresnay, Harry Baur, Jean Gabin, Alan Ladd. Il avait commandé un autre verre. Il n'avait pas le droit. Le FLN lui avait dit : « Tu bois un verre pour la cause, c'est tout. » Il but un autre verre, puis un autre. Alors il entendit les justiciers du Far West, Gary Cooper, Randolph Scott lui parler : « Non, tu vas pas faire ça, une bombe, des êtres humains… » Il avait payé, repris son sac et était sorti du bar.

En 1962 quand il vit la folie des officiers et des militants de la vingt-cinquième heure qui s'emparaient des biens abandonnés, il partit avec trois copains armés jusqu'aux dents et prit possession de *La Méduse bleue*. Il ramena un peintre et lui demanda d'écrire en plus petit juste en dessous de *La Méduse bleue* : « Chez Mokrane ». Le bouche-à-oreille fit son office et l'établissement devint intouchable.

Lors de certaines escapades nocturnes, je quittais *La Méduse bleue* à « tes risques et périls » me disait le patron qui me laissait sortir à des heures où le couvre-feu était encore en vigueur.

Je rentrais chez moi, le corps rempli d'alcool et le cœur plein de courage. De ma guimbarde qui traînait sa vieille peau sur le goudron décharné, j'apercevais, en me rapprochant de ma cité, le profil lugubre des immeubles découpés sur l'écran de la nuit à peine radoucie par l'éclairage blafard de réverbères lointains ayant survécu aux jeux d'enfants qui les prenaient pour cibles.

À mon arrivée dans la cité, je garais mon véhicule en me concentrant très fort afin de bien viser l'espace libre entre deux voitures, puis je sortais en rééditant de façon impeccable les gestes rituels de celui qui rentre chez lui à des heures indues comme s'il était « normal », afin de ne pas éveiller les soupçons du gardien islamiste qui veillait à la sécurité du parking. Je savais très bien qu'il savait que j'étais imbibé jusqu'au trognon de liquide illicite. Mais il s'efforçait de faire comme s'il n'avait rien vu parce que j'étais l'un des rares clients à payer régulièrement ma cotisation mensuelle. D'autant que cette dîme nette de toute retenue et dont je m'acquittais avec beaucoup de zèle était presque toujours suivie d'une rallonge conséquente destinée à me gagner son amitié. Amitié qui, pensais-je, pouvait se métamorphoser en alliée inestimable par les temps qui courent en faveur du mouvement extrémiste hégémonique pour lequel notre gardien militait fiévreusement. Il était tapi là quelque part dans la moleskine douillette de l'une des voitures, enroulé dans une couverture, à guetter comme un chacal. Il avait un double des clefs de tous les véhicules, ce qui lui permettait d'installer chaque nuit son PC dans l'un d'eux afin de surprendre d'éventuels malfaiteurs. C'était sa ruse de guerre. Au retour de chacune de mes virées, je refaisais les mêmes gestes. Raide comme un I majuscule, je sortais de ma *Zastava*, fermais la portière en pivotant la clé d'un tour de main si contrôlé qu'il semblait efféminé et, après avoir repéré d'un œil exercé le niveau des marches menant vers la cage d'escalier, je m'y engageais résolument afin de ne pas en rater une.

Certaines nuits, je trouvais le gardien assis sur une banquette de fortune faite de parpaings assemblés recouverts d'une peau de mouton. Emmitouflé dans son burnous gris qui lui permettait de se confondre avec l'obscurité, il buvait tranquillement un thé froid en marmonnant des versets coraniques pour éloigner les esprits malfaisants ou pour s'attirer la protection divine. Parfois, deux autres copains de même obédience lui tenaient compagnie jusqu'à la fin de son service puis, tous ensemble, ils allaient à la mosquée du bourg voisin s'acquitter de la prière de l'aube. Les trois hommes, pourvus de barbes colossales, dissertaient de sujets théologiques complexes ou de pratiques rituelles tarabiscotées, qui semblaient avoir pour eux une importance capitale. Cela pouvait aller des mensurations exactes de la tombe idéale jusqu'au métrage de la longueur réglementaire de la barbe d'un émir. Chacun donnait son avis et citait maints exemples édifiants de la vie du prophète (Que le Salut de Dieu soit sur lui) ou de l'un de ses compagnons qui corroboraient leurs points de vue.

Je leur adressais un salut qui se voulait le plus amical possible en portant ma main à mon cœur. Ils me répondaient avec la même déférence sans jamais faire une allusion à mes arrivées tardives ou au fait que mon haleine alcoolisait les dix mètres carrés d'atmosphère que nous partagions, les plongeant eux-mêmes dans le bain éthéré d'une composition chimique hérétique. Ils étaient à mon égard d'une grande affabilité. D'une génération plus ancienne, ils n'avaient pas succombé à la violence dans laquelle s'étaient lancés les jeunes militants, beaucoup plus fougueux. Ceux-là, pensais-je, étaient des pères de famille avec assez de recul pour vivre patiemment l'arrivée de leur victoire finale. Ils s'adonnent à un prosélytisme bon enfant beaucoup plus fructueux que la violence aveugle.

Des restrictions en attendant la clémence du Ciel

Alimentation en eau potable concernant Alger et sa périphérie

Pour une gestion plus convenable et par souci de prudence, des coupures d'eau vont être mises en place à partir du lundi 7 septembre. En effet, un nouveau programme de restriction drastique d'alimentation en eau potable est entré en vigueur. Ce programme, mis en place par le ministère de l'Hydraulique, concerne toutes les agglomérations de la Wilaya.

Le Révolutionnaire.

9

Une nuit, alors que je rentrais à l'heure du retour de l'eau, je suis tombé sur une réunion du CQGAP (Comité de Quartier pour la Gestion de l'Antenne Parabolique) à l'ambiance animée et au débat houleux. Comme la cité est excentrée, il n'y a pas trop de risques de se faire surprendre par les services de sécurité pour non-respect du couvre-feu.

La cage d'escalier est pleine de monde. Ça sent le thé à la menthe et les gâteaux au miel. L'objet du rassemblement est la panne du « Démo », le répartiteur de l'antenne parabolique collective. Depuis quelques jours, ce composant électronique distribuant les programmes à l'ensemble des abonnés chauffe et disjoncte toutes les deux heures. Cette panne, qui empêche de capter les chaînes étrangères, est considérée comme une catastrophe. On ne peut même pas se rabattre sur la chaîne nationale qui, fidèle aux premières diffusions de l'ORTF, s'arrête d'émettre vers 23 heures en entonnant l'hymne national, pendant très longtemps notre « Bonne nuit les petits ».

La première fois où les locataires parvinrent à se réunir autour d'un projet commun ce fut pour acheter « la parabole » captant des chaînes de télévisions étrangères. Trente ans de « Chaîne nationale », boîte de résonance du pouvoir, truffée de clichés éculés, d'immobilisme formel, au discours unique, avaient fini par vider de tout contenu l'imaginaire national. Les jeunes générations ne voulaient plus subir ce que leurs parents, pour la plupart rejetons de l'analphabétisme de l'époque coloniale, gobaient. Les jeunes réfléchirent aux moyens de capter les ondes hertziennes des télévisions occidentales. Par une série de recoupements techniques, un radioamateur bricoleur à ses heures pensa intégrer une antenne classique à un couscoussier en aluminium en lui soudant un truc qui traînait par là et qu'on appelle vulgairement un « réflecteur paraboloïdal ». Il réussit à capter plusieurs chaînes espagnoles, mais les recevait toutes en même temps. Il pouvait voir un western, l'interview d'un toréador, des informations, une émission culinaire et un documentaire en noir et blanc sur les débuts d'Igor Stravinski. Cette cacophonie insupportable ne découragea pas notre jeune professeur Tournesol. À la première armature, il rajouta un méga couscoussier diamètre famille nombreuse et réussit à éliminer les grains qui polluaient l'image, mais toujours sans pouvoir visionner les différentes chaînes séparément. En se concentrant très fort, on pouvait faire abstraction des autres chaînes et suivre un film suédois doublé en espagnol.

Avec la rapidité du « téléphone arabe », le bouche-à-oreille local, la découverte fit le tour du pays et mit le feu aux mèches reliées à l'imagination en friche d'une jeunesse qui ne demandait qu'à s'enflammer. Des ateliers s'ouvrirent partout pour faire évoluer la recherche. Tout le monde s'y attela. Les terrasses et les toits des immeubles furent envahis par des couscoussiers dirigés vers l'arsenal de satellites tournant là-haut pour tenter d'apprivoiser des images et des informations censurées par le média local. Certains, combinant des couscoussiers de différents formats, parvinrent à intercepter soit le son, soit l'image de chaînes françaises, mais jamais les deux à la fois.

Cependant, toutes ces *Silicon valley* informelles de la « couscous connexion » déchantèrent vite et mirent la clef sous la porte : *L'antenne parabolique*, inventée par des sociétés occidentales, entrait clandestinement au pays. Mais l'objet de toutes les convoitises et de tous les rêves coûtait une fortune. Au début, seuls les nouveaux riches s'enorgueillirent de la posséder et se faisaient un plaisir pervers à l'exhiber. Puis le « petit peuple » s'organisa pour l'acquérir et ainsi réunir la somme astronomique que le matériel et l'installation réclamaient pour arroser de vastes réseaux. Cette façon de faire donna naissance à la « parabole collective » qui pour un prix modique permettait d'accéder à des dizaines de chaînes du monde entier. Des comités essaimèrent. En quelques mois, un réseau complexe de câbles et de fils relia les maisons et les immeubles du pays.

À intervalle régulier, des extrémistes du mouvement islamiste faisaient des descentes – ou plutôt des montées – sur les terrasses des immeubles pour arracher les paraboles et les réduire en morceaux. Furieux, les locataires s'organisaient pour mettre en place des brigades de surveillance. Munis de barres de fer et autres armes de poing, des groupes de jeunes volontaires bouclaient les entrées des immeubles et arpentaient les terrasses afin de juguler les assauts des casseurs. Ne s'attendant pas à une résistance des citoyens, les casseurs repartaient aussi démantelés que les instruments « de la perversité et du déclin occidental » restaient intacts. Ils fuyaient en boitant, jurant de revenir mettre le feu de l'enfer dans les immeubles des mécréants. Ces tours de garde permettaient au reste des habitants de suivre sans interruption le cent et unième épisode de « Dallas » en se demandant quelle ruse allait encore employer J.R. pour s'emparer de la compagnie pétrolière familiale.

Après avoir mesuré l'ampleur de la popularité que les médias internationaux leur apportèrent à travers la parabole, ce qui contribua en partie à leur victoire aux élections communales, les responsables du FIS cessèrent de la considérer comme un instrument du diable et les tentatives de saccages prirent fin comme par enchantement. Quand même. La parabole restait sulfureuse.

Dans la cité, les assemblées autour de la « Démo » sont exclusivement masculines, mais quand l'ordre du jour l'impose, deux femmes sont autorisées à se mêler aux moustaches, au thé et à la rhétorique approximative : Rose et Malika.

La marginalité dans laquelle baigne ce duo de dames d'exception leur procure un statut de privilégiées. La première, Rose, que tout le monde appelle ici « Madame », est d'origine juive, mais on dit *pied-noire* pour éviter la connotation antisémite que le mot *juif*, prononcé d'une certaine façon en langue arabe, peut lui conférer. Grâce à sa profession d'obstétricienne qu'elle a pratiquée jusqu'à sa retraite tardive (elle avait procédé aux accouchements stakhanovistes de la plupart des enfants de la cité dans un hôpital voisin) elle était considérée comme une quasi-divinité. Le pays étant au pic de la production démographique, il fallait des sages-femmes du tempérament de Rose pour mettre au monde tous ces futurs citoyens se bousculant aux portillons des utérus. Et comme il subsiste quelque chose de magique dans le pouvoir d'arracher des enfants au ventre de leurs mères, ce rôle la hissa au rang de prêtresse païenne.

Quant à Malika, grâce au commerce illicite de sa propre chair, elle connaissait le monde secret des hommes, et maîtrisait mieux que quiconque les mécanismes de leurs fragilités. Elle pouvait de façon spectaculaire rabattre le caquet de n'importe quel matamore osant lui manquer de respect. Les mâles ne se risquaient pas à remettre en cause sa place parmi eux.

Après l'habituelle leçon de morale sur mes fugues nocturnes qui « pouvaient me coûter très cher un de ces jours », les membres du CQGAP m'offrent un thé à la menthe, que je refuse, prétextant l'état d'insomnie terrible dans lequel me plonge cette substance, puis le débat reprend. Comme d'habitude, on ressasse des propositions déjà émises, on réutilise les mêmes arguments en leur donnant une couleur différente afin de ne pas être taxé de plagiat et on arrive aux conclusions précédentes. Car ce sont avant tout des moments de convivialité où chacun a l'occasion d'avoir du plaisir à s'entendre parler.

— On aurait dû acheter une démo plus puissante, dit l'un.

— Celle qu'on a déjà correspond à la puissance déterminée par le nombre d'abonnés. Elle était suffisamment forte au début. Des individus qui ne veulent pas participer se branchent clandestinement.

— Il a raison ! J'ai moi-même surpris quelqu'un en train de se brancher en cachette.

Des citoyens violemment dressés contre le projet, en invoquant des prétextes tirés par les cheveux, se branchent en cachette afin d'économiser des bout de chandelles. Mais tout le monde sait que c'est pour éviter d'être sur la liste du courroux des Islamistes.

— Est-ce que tu as reconnu le coupable ?

— Il était de dos, accroupi comme ça, face à la cabine du palier mitoyenne à son appartement et dans laquelle se trouve le distributeur d'étage. Il vissait le câble passé dans le mur qui sépare son logement de l'armoire. Son fils tenait une torche électrique pour ne pas allumer la minuterie de l'escalier. Dès que j'ai allumé, ils ont fait semblant de réparer le disjoncteur du compteur électrique. Son fils a même dit : « Ça y est, papa, la lumière est revenue ! » Et ils sont rentrés chez eux.

— C'est pas moi en tout cas, dit d'un air coupable Djebbar-l'islamiste qui n'aurait même pas dû être là puisqu'il n'est pas concerné par l'objet de la réunion. Je vous jure que c'est pas moi, répète-t-il en levant l'index vers le ciel, pour prendre Allah à témoin.

— Et puis de toute façon si on achète une autre parabole, de faux abonnés vont se connecter dessus, elle va finir par craquer elle aussi, et on recommence à zéro. On va en acheter une troisième ?

— Je crois que la seule solution, c'est de faire appel à Aziz.

— Vous savez bien qu'il ne veut plus s'en mêler. Il est trop préoccupé par son invention.

— Quelle invention ?

— Je ne sais pas... Il y travaille depuis des mois. Un truc bizarre.

— De toute façon, il veut plus s'occuper de nos bricoles qu'il a dit. Il a juré qu'il voulait plus toucher à nos appareils domestiques qui lui bouffent son temps.

— Si on le supplie…

— Il est dans sa cave en ce moment. Une délégation peut aller le voir et lui demander. On peut le payer s'il faut !

— Ça ne va pas, non ? Il ne va jamais accepter d'être payé. C'est un fils de famille, Aziz, c'est pas un profiteur. Il ne faut surtout pas lui parler de ça.

— Bon, qu'est-ce qu'on fait ?

— On va le voir !

— Qui va y aller ?

— Le mieux, c'est de lui envoyer les femmes. Malika et Madame. Il ne va pas oser leur refuser.

— Je vais y aller, dis-je. On ne va pas entraîner Rose dans ce souterrain. D'ailleurs, ce serait bien de la raccompagner chez elle. Regardez, elle dort sur sa chaise.

Je me suis donc porté volontaire pour accompagner Malika chez Aziz. Pour la galanterie, mais aussi pour voir ce « truc bizarre » qu'il est en train d'inventer.

10

— C'est qui ? dit la voix d'Aziz dans l'interphone.

— C'est Malika et Zakaria. Ouvre-nous, Aziz, s'il te plaît, on a quelque chose de très important...

Un déclic, la porte de la cave s'entrouvre.

— Faites attention aux marches, elles sont étroites... Je suis dans la cave du fond... Attendez que j'allume !

Deux plafonniers s'allument, nous longeons la galerie menant vers la partie de la cave collective de l'immeuble que ce garçon fantasque a aménagée et détournée à son profit.

— Aziz, mon chéri, on est venu... susurre Malika de son plus charmant sourire en ouvrant grand les bras. Elle dit « mon chéri » à tous ceux qu'elle affectionne ou pour qui elle a de la sympathie naturelle.

— Asseyez-vous cinq minutes, je finis quelque chose et je suis à vous, coupe gentiment Aziz en réajustant sur ses yeux la paire de lunettes de soudeur qu'il avait sur le front.

Il ramasse par terre un chalumeau et se remet à souder des éléments entre eux sur le « truc bizarre » qui a tout l'air d'un alambic de stature quasi industrielle. Il met fin à la dernière opération de montage, puis allume une cigarette à la flamme vive du bec, l'éteint, s'assoit et jette un regard admiratif sur son ouvrage : un alambic de cuivre et de verre entoure la pièce, égayant les murs gris de brillances et de miroitements.

— Alors, qu'en pensez-vous ? demande-t-il fièrement.

— C'est quoi, ce bidule, ça sert à quoi ? dit Malika d'un air étonné.

— Un alambic. Pour fabriquer de l'alcool.

— De l'alcool à brûler ?

— À brûler… l'estomac ! Avec ça, je vais fabriquer de la liqueur typiquement algérienne. Je travaille depuis des mois sur sa conception en suivant les schémas que m'a faxés de Strasbourg mon cousin Malek.

— Et comment marche ce machin ? questionne-t-elle encore.

— Le principe de base de l'alambic est simple : la chaudière à mazout produit de la vapeur d'eau, cette vapeur se dirige vers les cuves en cuivre appelées cucurbites. Elle cuit les fruits et se charge de l'alcool et de ses arômes. Ce mélange gazeux passe ensuite dans un purificateur. Comme la vapeur d'eau se condense plus vite que la vapeur d'alcool, elle se transforme en eau. Après passage dans les deux purificateurs, il ne reste plus que la vapeur d'alcool. Celle-ci passe alors dans le refroidisseur à travers un serpentin et se condense à son tour. On arrive au résultat final : « L'eau-de-vie » sort par ce petit robinet.

Plus qu'un bricoleur hors pair, Aziz est un génie. Il a toujours étonné tout le monde dans la cité et les environs avec ses réparations. Du petit moteur de moulin à café italien des années cinquante à celui d'un chalutier soviétique, aucune mécanique ne lui résiste. Il remet en état lunettes, stimulateurs cardiaques, matelas anti-escarres pour handicapés, rasoirs électriques… bref tous les appareils qui ne tournent pas rond dans ce pays déserté par les sociétés mères et services après-vente de la civilisation.

Il exerçait auparavant la profession de prothésiste dentaire dans une clinique destinée à la haute hiérarchie militaire. Grâce à cet emploi, il a pu accéder à un logement en tant que célibataire. Quelques mois après son aménagement, il a été radié de son poste quand ses supérieurs ont découvert qu'il avait volé des détonateurs. Aziz avait détourné ce matériel pour un usage domestique, et non dans un dessein criminel comme l'ont soutenu ses accusateurs devant le tribunal militaire. Il fut libéré grâce à son avocat, qui plaida le « crétinisme congénital dont était atteint son client », et au juge, qui succomba vite à cet argument à la vue de cet excentrique tout droit sorti d'un film de Harold Lloyd.

Passionné par les plantes, les fleurs et les oiseaux, Aziz a fait de son appartement un vrai petit paradis. Bignones, amaryllis, jasmins japonais, débordent de ses fenêtres et balcons situés au rez-de-chaussée. Une multitude d'oiseaux hybrides donnent libre cours à leurs trilles dès l'apparition du premier rayon de soleil. Souvent, des passantes arrachaient ses fleurs pour en faire des bouquets ou des boutures afin de les replanter chez elles. Furieux de ce saccage quotidien, Aziz installa un système électronique complexe relié à un réseau de mini explosifs attachés autour des tiges principales des massifs fleuris. Dès qu'une plante était malmenée, une forte détonation envoyait la chapardeuse sur l'herbe. Plus personne n'osa s'approcher des lieux. Il avait aussi mis au point un procédé pour épouvanter les enfants qui s'amusaient à appuyer sur la sonnette, un chant d'oiseau. À la seconde où elle était actionnée, les canaris et autres chardonnerets dans les cages sifflaient eux aussi en redoublant d'intensité, solidaires avec le volatile de la sonnerie qu'ils croyaient être un cousin en difficulté. Rendu furieux par le bruit incessant, Aziz avait installé deux mains électroniques qui surgissaient de la porte et, pendant que l'une attrapait le coupable par le collet, l'autre lui assénait une série de quarante gifles accentuée toutes les cinq secondes par une taloche déclenchant un message enregistré : « *Il faut pas appuyer sur la sonnette de tonton Aziz, c'est mal !* »

— Et pourquoi veux-tu fabriquer de l'alcool dans cette cave pourrie ? s'étonne Malika, mal à l'aise dans ce lieu sombre, humide, dont le plafond est tissé de toiles d'araignées.

— Dans ce pays, l'Intelligence est considérée comme la dernière roue du carrosse… si carrosse il y a, répond Aziz d'un air grave qui ne lui va pas du tout. Entre les bars où s'entassent des marginaux pour s'imbiber de mauvaise bière et les mosquées devenues des refuges pour faux dévots qui prêchent la haine, il n'y a plus rien. Depuis que j'ai perdu mon travail à la caserne, j'ai déposé quinze brevets d'invention.

— Et alors ? s'exclame Malika, admirative.

— Ils croupissent tous dans le cimetière de l'intelligence nationale. Pour gagner ma vie, la seule possibilité qui me reste est d'aller vendre des cigarettes sur un trottoir. Merci pour moi...

— Je ne vois pas le rapport avec ce truc. Qu'est-ce que tu veux faire de cette machine. Tu vas fabriquer de l'alcool et le vendre ? lui dis-je.

— La réponse, tu l'as dans ta question, monsieur l'écrivain, me répond en souriant le grand dadais. Je vais fabriquer un alcool de bonne qualité que je vais vendre, exporter peut-être si j'arrive à m'agrandir, mais pour le moment, mon projet est d'ouvrir un bistro ici. Un vrai bistro convivial. Je nettoie tout ça, je peins les murs, un lampadaire par-ci une bougie par-là, quelques tables, des chaises et le tour est joué.

— Mais... mais tu n'as pas le droit... c'est une résidence... qui va venir ?

— Dans ce pays, tu prends ce que tu trouves. Tu te sers ! Seul le culot compte. Il n'y a pas de droit qui tienne. Je vais sélectionner les membres de ce « club ». Ce sera une clientèle à la carte... toi, par exemple ! Malika aussi bien sûr, et d'autres hommes ou femmes de la cité et des alentours. Des gens intelligents et tranquilles qui vont pas me foutre un bordel… excuse ma vulgarité, dit-il en s'adressant à Malika. Je n'accepterai de clients que sur présentation de leurs diplômes. En dessous du bac, personne ne mettra les pieds ici.

— Tu sais bien que les riverains n'accepteront jamais que des étrangers paradent ici, dit Malika.

— Le bistro ne sera ouvert que deux fois par semaine, les mardi et vendredi, les nuits du retour de l'eau. Pour avoir la quantité d'eau que ma machine nécessite. Et tu sais bien que, ces nuits-là, les yeux se ferment et les cœurs s'ouvrent.

— C'est une idée formidable ! s'excite Malika, en lâchant son fameux rire cristallin. Alors tu vas bientôt inaugurer l'établissement ?

— Minute papillon, encore faut-il qu'elle marche ! répond Aziz qui pavoise devant sa créature en tirant sur sa clope. Vendredi prochain, je procède au premier essai. Si ça vous plaît tous les deux d'y assister, vous êtes officiellement invités. Et maintenant, je vous écoute !

Nous lui exposons avec beaucoup de précautions l'objet de notre visite. Aziz nous réplique que ça l'emmerde royalement de s'occuper d'une chose aussi vulgaire qu'une antenne parabolique... mais que ça l'emmerde aussi de ne pas avoir accès lui-même aux trouvailles de la science diffusées régulièrement par des émissions spécialisées.

— Si mon alambic me donne un peu de répit, je trouverai bien quelque chose pour refroidir la démo de cette satanée antenne. Je ne promets rien, mais d'ici vendredi, je devrais pouvoir m'y atteler. Vous sonnez, mais si je suis trop occupé, le code secret de la cave c'est : « 4 3 2 1 Zéro ». Vous ne le donnez à personne !

Lorsque nous avons rapporté les propos de Aziz aux membres du Comité qui nous attendaient avec impatience, ils ont poussé un soupir de déception :

— Vendredi ! Ah, non ! Deux jours à se taper la chaîne nationale !

— Je savais qu'il n'avait pas de cœur, lâcha d'un air dépité Djebbar-l'islamiste qui n'était pourtant pas supposé être branché à la parabole.

11

Après les confidences de son Nasser, Malika refréna son désir de questionner les trois islamistes du quartier au sujet de la lettre de menaces. Le mercredi et le jeudi, jours sans eau, ne permettent pas l'ouverture des esprits. Il était donc imprudent d'aller s'exposer à l'intolérance. Quant à leur rendre visite en plein jour, Malika n'y tenait pas. Les hommes aux longues barbes auraient vu d'un mauvais œil qu'elle s'approche d'eux au vu de tous. Il lui fallut donc attendre la nuit du vendredi pour les rencontrer. C'était aussi la nuit du premier essai de l'alambic d'Aziz.

De son balcon elle vérifia que les hommes du culte étaient seuls. Les trois barbus étaient assis sur une peau de mouton posée sur un banc de parpaings à une vingtaine de mètres de Malika. Ils parlaient du temps qui passe. Leurs mots parviennent à mes oreilles.

— Quand viendra notre tour de gouverner nous détruirons montres, chronomètres, horloges, pendules. Tout ce qui calcule, organise et veut mettre au pas le Temps, doit être anéanti à jamais. Le Temps appartient à Dieu, et à Lui seul revient le privilège de le définir et d'en user à sa guise.

Une autre voix plus tranchante prit la relève :

— Le temps tel que nous le connaissons est l'invention des Occidentaux mécréants ! Il n'a pas à exister.

Malika, un fichu sur sa tête pour figurer un hidjab symbolique, sort et se dirige vers eux. Elle n'en met jamais, mais pressent que ça l'aidera à installer un climat de confiance avec ces hommes du dogme qu'elle va affronter pour la première fois sur leur terrain.

— Haroun Rachid, dit celui qui n'était pas encore intervenu sur le sujet du jour, qu'Allah le garde en son vaste paradis et le rappelle à nos souvenirs, avait offert, dit-on, une horloge à un roi de France : un Infidèle du nom de Charlemagne – que Dieu le cuise en son enfer. Il n'est donc pas, chers frères en religion, une invention des Occidentaux qui à l'époque étaient encore des bourricots, mais une invention des musulmans qui dominaient le monde, avant que la perte de la foi ne les frappe et qu'ils sombrent dans l'obscurantisme…

Le crissement des graviers sous les pas de la longue silhouette de Malika fait taire l'orateur.

— Salam alikoum, ô hommes de religion ! lance-t-elle en portant sa main à son cœur, oubliant que c'est un geste d'homme.

— Salam !… Que nous vaut ta visite, madame Malika ? dit l'un d'eux avec une pointe d'ironie sur le mot « Madame ». Y a-t-il un problème assez grave pour que tu sortes avant que l'eau n'arrive ?

— Nasser a reçu une lettre de menaces.

— En quoi cela nous regarde ? dit l'un des dévots d'un air étonné.

— Elle est signée par un groupe de votre obédience.

— Nous ne sommes que les humbles sympathisants d'un parti qui veut rétablir sur la terre la vérité d'Allah que des mécréants ont usurpée, dit un autre.

— Va voir, ô femme, du côté des services secrets. Tu les connais, tu fais commerce avec eux. Ils sont peut-être à l'origine de ce que tu avances ? finit le troisième.

— Chers frères croyants, avant d'aller m'adresser à la Sécurité Militaire, je tiens à avoir le cœur net. Il me semble que la police ne prend pas de gants lorsqu'elle en veut à quelqu'un. Il y a dans votre parti des extrémistes, moins sages que vous. Ils sont jeunes, impatients, ils ont la rage et ça peut se comprendre. Ils réclament le pouvoir tout de suite. On les entend parler dans les rues, dans les mosquées. Ils sont dans le maquis, ils sont aussi en ville. Ils s'attaquent à des militaires et aux civils qu'ils croient être les ennemis de l'Islam. Moi, je ne fais pas de politique. Je veux juste aider Nasser. Vous le connaissez. C'est un garçon très doux qui ne ferait pas de mal à une mouche. Il rend service à tout le monde. Il s'occupe de sa mère comme personne, et ne se consacre pas à la politique. Il va attraper une dépression.

— Nous t'avons déjà dit que nous n'avons rien à voir là-dedans, ô femme de peu de vertu !

— Je le sais chers frères vertueux et aimés de Dieu, mais vous êtes le seul lien avec ceux qui l'ont menacé. Demandez autour de vous, s'il vous plaît, au nom de notre pacifique voisinage. Nous formons une famille. Mettez-vous en contact avec les réseaux. C'est beaucoup plus facile pour vous que pour nous. Si vous réussissez à découvrir les auteurs de cette ignominie, je saurais vous faire bénéficier de la palette de mes services qui est, comme vous le savez, très étendue.

— Qu'Allah nous en préserve ! dirent en chœur les trois hommes en levant les mains au ciel comme si la foudre venait de tomber sur leurs *kamis*.

— Je ne parle pas de vices, je parle de services ! De ceux qui rendent la vie plus facile et sur lesquels Allah n'a pas jeté son mépris.

— Lesquels par exemple ? dirent-ils soudain intéressés.

— Le café brésilien, les parfums Dior, les baskets Nike, bénéficier de ma *Golf Jetta* pour emmener vos femmes à la clinique…

Soudain, le premier réveil sonne, un second l'imite. Des lumières blafardes découpent par-ci par-là des rectangles et des carrés dans l'obscurité. Le jet d'eau claque dans ma baignoire. La cité se réveille. J'arrête de prendre des notes, quitte le balcon et me dirige vers la cuisine. J'ajuste le goulot d'une bouteille en plastique de cinq litres au robinet en le coinçant à un angle, et ouvre l'eau froide. Je retourne vers le balcon pour suivre la suite des négociations. Malika est partie.

La baignoire et autres récipients remplis, je tire plusieurs fois la chasse d'eau puis dispose tout autour de la cuvette plusieurs bouteilles d'eau pour la toilette intime des jours à venir, car nous n'utilisons pas de papier Q. Djebbar-l'islamiste-qui-ne-filtre-rien a dit un jour à ce propos : « Les Occidentaux nettoient leurs derrières avec du papier qui laisse des résidus, ce qui permet au diable de venir habiter là alors qu'avec nous il n'y a pas de problème, c'est tellement propre que quand le diable voit ça il est dégoûté pour toujours ! »

J'enfile une veste légère pour me protéger de la fraîcheur de la cave d'Aziz et sonne chez Malika. Après quelques secondes d'attente, je déduis qu'elle est partie directement chez lui, sans m'attendre comme prévu. Je me dirige vers l'atelier en faisant au passage un signe de salut « fraternel » en direction des trois barbus, que je ne vois plus, mais je sais qu'eux me voient.

Je compose directement le compte à rebours du digicode pour ne pas obliger le bricoleur à parcourir les dédales souterrains. Je descends l'escalier et, à peine arrivé à la dernière marche, j'entends des râles. J'ai le souffle coupé. Le bruit sourd d'un objet métallique qui chute et roule sur le sol, suivi de l'explosion d'une bonbonne sur le béton finit de m'achever. Mon cœur fait des embardées dans tous les sens. Poussé par une force qui me dépasse, j'avance vers l'atelier en tremblant de tous mes membres. Un cri me glace soudain.

Malika. Les couinements de ma voisine, couverts par les hurlements d'un homme qui s'acharne sur elle. Arrivé à l'entrée, je fonce à l'intérieur et saisis le premier objet contondant parmi le fatras qui se présente à moi. Je le soulève pour frapper, et reste pétrifié devant la scène. Aziz et Malika tout nus mêlés aux éléments de l'alambic. Ils font l'amour comme des fous, comme jamais je n'ai rêvé que ce fût possible. Un cirque qui présenterait tout ses numéros en un seul : quand Malika fait la tigresse, Aziz la dompte, quand elle fait du trapèze, il la tourne dix fois dans le vide et la rattrape sans les mains, et quand il fait l'ours, elle le lèche pour l'amadouer. Ils sont acrobates et clowns, lanceur de couteau et contorsionniste, administrateurs et musiciens. De la folie pure, du cataclysme, de la fantasia dans toute sa splendeur. Il découvre pour la première fois qu'il peut lui aussi remonter au VIIe siècle sans devoir inventer une machine à remonter le temps.

Je ressors de l'atelier à petits pas, pour éviter d'éclater la bulle dans laquelle ils sont en apesanteur et, au bord de la syncope, pétrifié de désir, je m'adosse au mur du couloir sombre. Je suis comme une meule de foin ravagé par un incendie. Tout mon être est en érection. Je n'ai pas fait l'amour depuis la mort de Nadia. L'amour ! La plus belle chose au monde, en train de s'accomplir magnifiquement là, tout près de moi, dans ses bruits et ses fureurs. Je pleure. Je pleure pour moi, mais aussi pour tous les hommes et les femmes de mon pays que l'amour a quittés. Pour tous ceux dont les corps sont déserts de caresses, de jouissances.

— Alors, monsieur l'écrivain ! Qu'est-ce qui se passe ? On se laisse aller ?

Je relève la tête et vois les mines radieuses et apaisées des athlètes de l'amour. Je les regarde de haut en bas. Habillés comme s'il ne s'était rien passé, mais dans leur fond d'œil, dans la couleur nouvelle de leur peau, transmutés par l'amour. Bien qu'une flamme nouvelle illumine ses yeux et communique une nouvelle énergie intérieure, Aziz a retrouvé les gestes automatiques de sa réserve naturelle. Je décèle pour la première fois une ombre de timidité dans les yeux de Malika. Il me semble lire aussi dans son regard que jamais un homme ne l'a emmené aussi loin dans la géographie de ses sens. Mais peut-être me fais-je des idées, c'est sans doute moi le plus bouleversé. On ne pouvait pas faire mieux que cette séance d'électrochocs pour ressusciter ma sexualité perdue.

— Bon, on le fait cet essai de ton machin

ou ce sera pour un autre jour, une autre nuit ou un matin enfin je ne sais plus, quand est-ce qu'on est ?!… bafouille Malika.

— On y va ! lance joyeusement Aziz en se dirigeant vers une vielle armoire métallique toute cabossée et sans porte.

Il prend trois bières, les ouvre à l'aide d'un tournevis et nous en donne une chacun. On trinque. Il pose son index sur le bouton rouge sous lequel est écrit : « Vas-y ma cocotte ! » Avec un mélange de joie et de trac, il appuie sur le bouton. La machine ne réagit pas. Le maître de l'ouvrage rougit, puis un ronronnement secoue l'assemblage hétéroclite. L'ensemble entre dans un enchevêtrement de vibrations digne d'un concert de Xenakis.

— C'est parti ! crie l'inventeur, en se frottant les mains. Dès que l'aiguille du stabilisateur à induction intermédiaire atteint le chiffre XXVI, le carburateur à condensation ternaire est pris de convulsions et la machine s'emballe. Aziz lève la bouteille vers l'alambic qui broie et fume pour boire à sa bonne santé, s'envoie une lampée, hurle un cri de victoire, puis jette un œil panoramique sur l'ensemble. Satisfait, il appuie sur un bouton bleu sous lequel une étiquette d'écolier porte l'inscription « La récréation est terminée ! » L'alambic s'arrête. L'artiste se retourne vers nous :

— Ça marche, les amis ! Ça marche ! Dès que j'aurai réuni les produits nécessaires et procédé aux contrôles d'usage, nous allons inaugurer officiellement le Fondouk !

— Le fondouk ? demanda Malika.

— C'est le nom de mon bistro, en souvenir du temps où Bagdad, Grenade, Bassora, Le Caire et autres capitales de la grande civilisation musulmane étaient truffées de bars et de poètes qui vivaient en bon termes avec les mosquées et les hommes du culte. Ils appelaient ça des « fondouks ». Et maintenant, trêve de bavardages, j'ai réglé le problème du réchauffement de votre démo.

— C'est pas vrai ! crie de joie Malika, toujours pas remise d'avoir raté deux épisodes des *Feux de l'amour*.

Le savant s'empare d'un petit cabas posé sur la dernière étagère de l'armoire en métal et nous invite à sortir.

Quinze minutes plus tard, devant les délégués du CQGAP entassés autour de l'armoire abritant la démo centrale, Aziz coupa, cisailla, vissa, souda et ajusta les éléments d'un ventilateur de moteur de 4 L à la centrale de diffusion des ondes. Hakim, le handicapé moteur à combustion dont l'appartement est mitoyen au placard du palier, surveillait l'écran sur lequel pleurait de la « neige ». Ordre avait été donné à tous les abonnés de laisser allumés leurs appareils pour provoquer le réchauffement, afin qu'Aziz puisse tester l'efficacité de son intervention.

La réparation terminée, il sort de l'armoire et demande aux délégués de reculer. On allume des cigarettes, on se jette des regards incrédules : un ventilateur de 4L… Il ne faut pas exagérer ! Un petit vent frais venant de l'intérieur de l'armoire souffle sur les spectateurs et rafraîchit leurs visages.

— Le ventilateur tourne ! dit bêtement l'un.

— Comment est-ce possible ? dit un autre.

— Les chaînes sont revenues ! crie de loin Hakim. Il pousse vigoureusement sur les roues de son fauteuil pour traverser le couloir. À travers la porte ouverte, tout le monde le voit arriver en braillant « Ça y est ! on a toutes les chaînes ! Elles sont revenues ! »

— Allah est grand ! proclame Djebbar-l'islamiste en quittant vite les lieux pour rentrer chez lui.

Pourtant il n'est pas abonné et a juré ne pas être branché clandestinement. Et chacun sait que pour un croyant il est mal de jurer à tort.

12

Rose, autrement dit « Madame », habite au rez-de-chaussée de l'immeuble situé en face de chez moi, de l'autre côté du parking. Je peux l'observer, car mon balcon surplombe son appartement. Je la perds de vue lorsqu'elle quitte le salon ou la cuisine pour aller vers les chambres à coucher donnant sur le terrain vague, côté route nationale.

Madame a près de quatre-vingts ans. Bien que de forte constitution, tant la solitude que les tragédies endeuillant le pays ont fini par avoir raison de son tempérament et de sa santé. Sa judéité est connue de tous, mais la majorité des habitants la gardent secrète et n'en font pas mention afin de protéger la vieille dame des foudres que sa religion suscite chez les aficionados de l'éternelle *intifadha*. Chaque fois que les événements du Proche-Orient font monter la tension des haines ancestrales au baromètre de l'actualité, Madame peut devenir une cible cathartique.

Les premiers meurtres d'étrangers défrayèrent la chronique. Une psychose générale força les Occidentaux et leurs représentations diplomatiques à faire leurs valises. Un fonctionnaire de l'ambassade de France, sur demande pressante de quelques vagues parents habitant l'Hexagone et dont Rose ne se souvenait plus, vint lui demander de quitter le pays.

— Mais je suis algérienne ! On n'expulse pas les Algériens d'Algérie, il me semble, non ? répondit Rose en riant.

— Madame Lopez, bien que vous ayez opté pour la nationalité algérienne en 1962, vous êtes répertoriée dans nos services comme citoyenne française. Il vous suffit d'en émettre le souhait et nous vous aiderons à réintégrer votre nationalité d'origine. Nous nous occuperons de toutes les démarches concernant votre transfert vers la métropole.

— Voulez-vous un thé à la menthe, monsieur l'ambassadeur ? Ruse tout orientale pour en finir avec le sujet sans fâcher son hôte.

— Je ne suis pas l'ambassadeur, madame Lopez, rectifie le fonctionnaire. Je ne suis que le conseiller aux…

— … Pour moi, toute personne qui se présente en intermédiaire est un ambassadeur.

— Alors, je veux bien un thé madame Lopez ! Mais sans sucre, s'il vous plaît.

— Un thé à la menthe sans sucre ! Ah, c'est bien français, ça, soupire Rose, soulevant la théière de vingt centimètres au-dessus du verre de « Monsieur l'ambassadeur » pour le remplir de liquide chaud. Vous vous préoccupez de votre glycémie, alors qu'ici tout est rongé par la gangrène.

Des voisins inquiets pour sa sécurité viennent parfois la supplier de partir :

— Retournez en France, Madame ! C'est devenu trop dangereux pour vous de rester par ici.

Rose se fâche alors sérieusement.

— Retourner ? Pourquoi ce mot, « retourner » ? Je ne suis pas venue de là-bas, moi, pour y retourner ! Je suis d'ici. De ma vie, je n'ai pas mis un seul pied en France, même en vacances ! Que voulez-vous que j'aille faire dans ce pays qui m'est aussi étranger que la face cachée de la lune ? Quand mon heure sera venue, je veux être ici parmi les miens.

Par « les miens », Madame sous-entendait les fantômes de ses ancêtres enterrés depuis des siècles dans ce pays aussi rugueux qu'étrangement attachant, mais aussi la joyeuse et fraternelle communauté des Algériens d'après l'indépendance qui s'était forgée autour d'elle et accompagnait ses vieux jours avec une attention, une tendresse et une complicité proches de la dévotion. Avec son accent pied-noir et son bagou intacts, Madame est la mémoire vivante d'une certaine gouaille épicée qui animait les rues populeuses de l'*Algérie française*. Des bibelots hétéroclites ornent chaque coin de son appartement et constituent un véritable musée du souvenir du temps de la colonisation : nappes, rideaux, serviettes, couvre-lits, photos, assiettes, soupières, cafetières, boîtes à sucre, vieilles revues d'art, transistors, pochettes en kraft contenant des 78 tours, tourne-disque *Teppaz*, réveils *Bayard*, télé en noir et blanc, *frigidaire*, tous racontent les histoires et respirent les parfums d'une époque révolue.

Pour les jeunes générations qui ignorent tout de cette période classée en tête du top 50 des tabous de la conscience collective, Madame relève de la simple curiosité. Seule sa façon de broyer la langue arabe avec les tenailles de sa voix rauque les fait rire, mais c'est tout. Pour les anciens, elle est une alliée spirituelle et une confidente inespérée. Hors du champ d'influence de la religion dominante du pays, Rose est le déversoir psychologique des gens étouffés par certaines pratiques incompatibles avec le siècle ou avec leurs visions personnelles des choses. Ignorant elle-même les subtilités des mécanismes législatifs et philosophiques régissant la vie des musulmans, elle ne prend jamais position quand l'un ou l'autre de ses voisins se plaint de la contrainte de tel ou tel précepte. Mais comme elle a naturellement tendance à prêter une oreille attentive à ses interlocuteurs, elle recueille leurs secrets les plus intimes.

Ainsi, les quelques « Arabes » ayant été scolarisés et qui ont par la suite occupé des postes privilégiés de petits fonctionnaires : scribes de tout poil, comptables, greffiers, instituteurs, chauffeurs de la régie municipale d'autobus, facteurs, bref tous les retraités de la fonction publique du *Temps de la France* viennent chez elle déverser les fruits amers de leur déception et nourrir leur nostalgie. Des vieilles femmes de ménage des familles « européennes » qui regrettent « l'Ordre colonial » viennent retrouver dans son capharnaüm l'odeur de la guimauve, la ligne parfaite du dessin d'un lévrier sur une tasse de café ou le tic-tac d'une pendule murale.

Rose n'aime pas les regrets de ses voisins déphasés, oublieux des anciennes misères sous le régime colonial. Elle n'hésite pas à tancer vertement ceux qui ne peuvent s'empêcher d'affirmer que l'indépendance n'a rien ramené de bon, qu'il valait peut-être mieux qu'on s'émancipe dans le cadre de la colonisation, ne croyez vous pas, Madame ?

Pendant qu'elle peaufine les arguments pour redresser les hasardeuses théories de ces épaves vivant dans un passé réaménagé par les ingrédients de leur subjectivité, ils soupirent un triste « Avouez quand même, madame Rose, que c'était bien mieux avant ! ». Elle s'évertue alors à donner des leçons d'amour de la Patrie à ceux qui ont combattu pour elle et déplorent : « La patrie n'a pas tenu ses promesses, madame Rose, comment voulez-vous que l'on joue à l'hypocrisie de croire encore en elle ? » Ils disent cela, et bien d'autres calamités en pétrissant les vestiges d'une langue française châtiée dans des cascades chantantes de roulements d' « r ».

Pourtant, Madame a bien des griefs personnels contre le système en place et n'est pas loin du point de vue général sur la gestion catastrophique du pays. Mais la pudeur, la dignité ainsi que la conscience de la misère qui l'entoure freinent l'expression de son ras-le-bol personnel. « Mes déboires, aussi profonds soient-ils, ne sont rien à côté de ceux que vivent beaucoup de mes concitoyens », répond-elle à de vieilles connaissances des quartiers bourgeois de la capitale et qui lui rendent quelquefois visite.

Aux remarques exprimées avec délicatesse par ces vieux complices du temps lointain de la lutte clandestine pour l'indépendance, ayant négocié mieux qu'elle leur place au soleil du « socialisme spécifique », Rose répond sans aigreur :

— De quoi voulez-vous que je me plaigne ? J'ai tout ce qu'il me faut. Je reçois ma pension régulièrement, et tout le monde ici est gentil avec moi. Que voulez-vous de plus ? Je suis une vieille dame, maintenant. Je n'ai pas de grands besoins.

13

Vers trois heures de l'après-midi, quelques jours après que Malika a parlé aux trois militants du FIS, une camionnette bâchée soulève la poussière de la piste puis pénètre dans le parking alors que je prends mon petit-déjeuner sur le balcon. À l'intérieur, deux hommes habillés comme les paysans qui travaillent dans les champs alentour. Je ne m'inquiète pas outre mesure. La région est réputée pour ses vergers et souvent les producteurs de légumes viennent écouler leur marchandise ici.

Le conducteur éteint le moteur, les hommes restent dans le véhicule et regardent autour d'eux. Je comprends soudain qu'ils ne sont pas là pour vendre quoi que ce soit. Je me lève pour chercher mon fusil, que je laisse maintenant tout près de la porte, et me rassois aussitôt en voyant les trois barbus de la cité se diriger vers eux. L'un des deux gars sort de la camionnette et, après de rapides salamalecs, les trois barbus rentrent dans l'immeuble. Bien que nous ne fassions pas partie du même monde et qu'une distance respectueuse nous sépare, je suis trop habitué à l'inséparable trio pour commencer à me méfier d'eux. Mais quand même.

Quelques minutes plus tard, les trois hommes reviennent, accompagnés de Nasser.

— Merde ! me dis-je, c'est quoi cette histoire ?

Je pointe vers eux mon fusil dissimulé entre un pot de menthe et un de basilic.

Le moteur de la camionnette jappe trois fois puis s'allume, le passager sort et fait signe à Nasser de prendre place. Il obéit. L'homme rentre à son tour, le véhicule fait demi-tour et démarre en trombe. La benne arrière est pleine à craquer de cages à poules vides. Il descend la piste à une vitesse incroyable. Les enfants jouent au foot sur le terrain vague s'interrompent pour le regarder passer, puis il disparaît en prenant à gauche sur la nationale.

Je ne comprends pas ce qui vient de se passer devant moi. Nasser m'a semblé être à l'aise et les hommes avaient des attitudes normales. Je n'ose pas aller demander au trio qui étaient ces gens et où ils ont emmené Nasser, j'ai trop peur que ça déclenche un engrenage qui me dépasse. Et puis, ils n'ont aucun compte à me rendre. Ils peuvent même s'intéresser à moi subitement et rendre ma vie infernale vingt-quatre heure sur vingt-quatre. Ils m'ont oublié, les menaces se sont arrêtées. À quoi bon réveiller l'hydre tapie en eux ? Mais Nasser, bon dieu ! Nasser... où est-il parti ? Je ne peux même pas demander à Malika, je sais qu'elle est en vadrouille, j'ai remarqué dès mon réveil que sa voiture n'était pas là. Il ne me reste plus qu'à attendre le retour de Nasser. J'attaque tout de suite avec un verre de scotch.

À la tombée de la nuit, mon autre moi-même, ressemblant à celui que j'étais il y a un an et demi maintenant, mon ami Nasser qui me sert de planche de salut, aura peut-être été assassiné, sa tête posée sur le piquet d'un grillage au bord d'une départementale. Non, je ne veux même pas y penser ! Je me sers un autre scotch avec trois glaçons, ramène ma machine à écrire pour inventer ce qui s'est passé et ce qui se passe encore. J'imagine alors les trois barbus monter jusqu'au cinquième étage. Ils sonnent chez mon personnage.

14

« Tsss ! Tsss ! Tsss ! »

La sonnerie que lui a bricolée Aziz et qui imite les sifflements de serpents fait sursauter Nasser.

– Qui c'est? crie-t-il machinalement, comme il l'aurait fait en temps normal. Puis se rappelant qu'il ne vit pas dans un temps normal, son cœur s'emballe comme un moteur de mobylette dans une pente raide.

Il se précipite vers l'entrée et regarde à travers l'œil-de-bœuf. Il ne voit que du noir. C'est bizarre, se dit-il, puis il pense qu'un des gamins du voisinage a collé un chewing-gum dessus pour s'amuser.

– C'est qui ?

– C'est nous !

– Qui vous ?

– NOUS !

– Ah !

Nasser déclenche l'ouverture des quatre serrures de sa nouvelle porte en acier tout en gardant les deux loquets de sécurité fermés. Il jette un regard pour vérifier si ces « NOUS » étaient vraiment les « NOUS » qu'il attendait. C'était eux ! Il referme et décroche aussitôt les loquets. Les trois hommes aux longues barbes sont debout devant lui, raides comme le jugement dernier. Nasser comprend que l'une des barbes a fait involontairement écran sur l'œil-de-bœuf.

– Que le Salut de Dieu soit sur toi ! dit l'un des islamistes du quartier.

– Que Son Salut et Sa Miséricorde soient sur vous et que Sa lumière vous éclaire de sa plénitude, répond Nasser qui, depuis qu'il est menacé, a appris les formules religieuses d'usage comme on apprend par cœur des techniques de self-défense.

– Suis-nous !

– Où ça ? demande Nasser en contrôlant le tremblement de sa voix, oubliant que les trois voisins doivent le mettre en contact avec des personnes pouvant le renseigner sur la provenance de la lettre de menaces.

— Nous avons le contact !

— Quel contact? dit Nasser près d'uriner sinon pire.

— Les personnes qui t'y emmèneront t'attendent en bas. Tu pars avec eux.

— Ah oui, bien sûr ! se souvient Nasser, bien sûr ! Merci !

Il sort sur le palier afin que sa mère n'entende pas la conversation et ne s'imagine pas trop de choses.

— C'est… c'est loin?

— Nous n'en savons rien. Nous ne sommes que les intermédiaires des intermédiaires. Nous ne sommes pas partie prenante. Nous sommes du côté de la vérité d'Allah. Comme dit le proverbe populaire : « *El mersoul ma y-khef ma-yehchem*[1] ! » Si tu veux renoncer, tu peux le faire, on transmettra le message.

— Non, je ne renonce pas. Je suis innocent, j'irai jusqu'au bout. De toute façon, je n'ai rien à perdre.

Il ouvre la porte, prend une veste accrochée à un clou.

— Au revoir, maman. Ne m'attends pas

1. L'intermédiaire n'a pas à juger des faits.

pour le dîner, je risque de rentrer un peu tard !

– Où vas-tu, mon fils? Que te veulent ces hommes ?

Nasser retire les clefs restées sur la serrure et les met dans sa poche. Il serre sa mère dans ses bras, l'embrasse et lui chuchote à l'oreille :

– N'aie pas peur ! Ces types sont de la cité. Tu ne les as pas reconnus? Ils sont là pour m'aider.

– T'aider à quoi? dit la vieille dame d'un air soudain inquiet.

Il ne lui a pas parlé de la lettre. Le choc risque de lui faire perdre sa raison, qui ne tient déjà plus qu'à un fil.

– Une affaire sans importance, maman. Allez, à tout à l'heure ! Ferme à clef et n'oublie pas de prendre tes médicaments.

Deux hommes l'attendent dans une vieille 504 bâchée garée juste devant l'entrée de l'immeuble. Leurs têtes entourées de *chèches* traditionnels, ils portent des vêtements de paysans de l'arrière-pays. Dès que Nasser apparaît accompagné de ses voisins, le conducteur allume le moteur.

– Ces hommes te conduiront là où il

faut qu'ils te conduisent, dit l'un des intermédiaires.

— Monte, dit le « paysan ».

Nasser monte. Le véhicule dégage une forte odeur de poulailler. Le « paysan » dit quelque chose aux trois Islamistes, pénètre à son tour dans la voiture et s'assoit côté fenêtre. Le chauffeur fait une brusque marche arrière en demi-cercle, engage directement la deuxième, écrase l'accélérateur, le véhicule quitte le parking et se retrouve sur la piste. Il passe la troisième puis la quatrième, fait monter un nuage de poussière qui couvre les têtes brunes des enfants jouant au football sur le terrain vague tout proche. Les petits footballeurs s'arrêtent quelques secondes de taper sur le chiffon en plastique qui leur sert de ballon pour suivre du regard le bolide jusqu'à ce que, sans ralentir, il prenne la nationale sur sa gauche.

La conduite de cet homme est trop habile pour être celle d'un paysan, pense Nasser, cramponné à son siège, le souffle coupé.

— On va où? ose-t-il, non sans une certaine timidité.

Le conducteur lui lance un regard

assassin. Son acolyte sort une cigarette toute tordue de la poche de sa chemise et penche son buste très bas pour pouvoir l'allumer. Il casse au moins cinq allumettes contre la boîte avant d'y parvenir.

– On va où? répète Nasser d'une voix plus soutenue. Les types n'avaient pas dû entendre la première fois à cause du bruit du moteur et du vent qui s'engouffre par les vitres à moitié ouvertes.

– Nous allons acheter des poules, dit l'homme qui fume.

– Des poules?

– Pourquoi tu prends cet air ahuri? Tu as un problème avec les poules? lance le conducteur avec un accent du vieil Alger à couper au couteau.

– Non ! Je... J'ai pas de problèmes avec les poules ! Elles ne m'ont rien fait, pourquoi voulez-vous que je leur en veuille, répond Nasser avec une sincérité qui frôle la naïveté.

L'Algérois du vieil Alger, tout en doublant comme un cinglé camions et autobus, plonge son regard dans celui de Nasser.

– Bon ! Alors ça va. Pourquoi tu t'affoles alors?

– Je ne m'affole pas, dit Nasser en

esquissant un sourire bienveillant. Je demande juste comme ça…

— Tu te demandes juste comme ça pourquoi on va acheter des poules? dit l'homme à la cigarette en jetant son mégot par la fenêtre dont il referme aussitôt la vitre.

— Oui… dit Nasser, de plus en plus gêné par la tournure absurde que prend cette discussion sur les poules.

— Nous nous arrêterons dans une ferme à quelques kilomètres d'ici et nous y achèterons des poules pour les revendre parce que c'est notre métier.

— Votre métier, c'est…

— Et maintenant tu vas fermer ta gueule de merde ! lui lance le conducteur. Et tu ne l'ouvriras que si on te le demande, d'accord?

— D'accord. Excusez-moi !

— J'ai dit, tu fermes ta gueule de merde ! hurle l'homme avec une violence qui fait frémir Nasser.

15

Je suis resté des heures à guetter le retour de Nasser. J'imaginais toutes les tortures qu'il subissait. Ce fut l'une des pires nuits depuis que les menaces sur moi ont cessé. J'ai passé mon temps à écrire et à effacer des phrases et des idées que je trouvais géniales cinq minutes avant. Toutes les demi-heures, j'allais observer la place de parking de Malika. Saura-t-elle quelque chose lorsqu'elle reviendra ? Je lui raconterai ce qui s'est passé, lui poserai des questions.

À partir de dix heures du soir, je constate pour la cinquantième fois qu'elle n'est pas rentrée et je l'insulte dans ma tête. À force de la regarder, la place de sa voiture respire le vide sidéral. Je lui fais la morale sur la prostitution, je lui crache dessus comme un grand frère, je lui tire les cheveux comme une petite sœur, et lui mets des claques l'envoyant paître dans les champs dessinés sur le papier peint de la chambre de ma fille. Je regarde ma montre : bientôt le couvre-feu. Après c'est trop tard, elle ne rentrera que demain. À qui vais-je parler ? Parler de Nasser et de moi aussi, putain !

À dix heures vingt, j'entends un bruit de moteur. Je cours regarder par-dessus le balcon… la *Golf Jetta* ! Oh ! pardon Malika, pardon ! Je regrette tout ce que je t'ai dit. C'est normal, tu me comprends, c'est l'angoisse… mais… Nasser a été kidnappé par deux assassins… non, je peux pas lui dire ça… deux paysans, pas deux assassins ! C'est peut-être des cousins à lui, hein ? Peut-être un mariage… le décès d'une vieille tante dans la famille et ils sont venus le chercher… Hein ? Pourquoi les trois barbus ? Ben… parce que ses cousins ne savent pas où il habite et ont demandé aux seules personnes présentes à ce moment-là. Et les barbus sont montés le prévenir que des gens de sa famille l'attendaient en bas dans une camionnette 504 bâchée. Tu comprends, Malika ? C'est sûrement comme ça que ça s'est passé, hein, tu ne crois pas ? Moi, je suis sûr que c'est comme ça que ça s'est passé !

J'ouvre la porte et descends vers le rez-de-chaussée, persuadé que mon histoire de cousins de Nasser est vraie. Je m'assure d'être à l'abri des regards et sonne chez Malika. Avant qu'elle ouvre, je m'éloigne de la porte et me fige. Il y a une différence entre le fait d'être vu dehors en compagnie de la citoyenne et celui de sonner chez la prostituée à onze heures du soir.

Elle me fait entrer. Je lui explique.

— Les trois barbus sont montés le chercher ? me demande-t-elle.

— Oui !

— Ce ne sont pas des cousins, ce sont des terroristes !

— Des… des quoi ? des terros !

— Ne t'inquiète pas. C'est moi qui ai négocié avec les militants du quartier pour trouver l'origine de la lettre. Tu veux boire quelque chose ?

Elle ouvre les deux battants de sa table de salon et me montre les bouteilles d'alcool.

— Sers-toi et attends-moi ici. Je vais parler aux « frérots » et je reviens.

À son retour, elle me raconte dans le détail son intervention pour désamorcer la condamnation à mort de Nasser.

— Ils ne savent pas combien de temps ils vont le garder. S'il revient, il sera sauvé pour toujours.

— Et s'ils l'assassinent ? dis-je, ahuri par la

logique implacable avec laquelle Malika parle de son amoureux.

— C'est un risque à prendre. Nous avons décidé lui et moi qu'il le prenne. Sinon il se ferait de toute façon abattre un jour ou l'autre. Tu veux un autre pastis ?

— Un double, merci, dis-je en regrettant de ne pas être une femme et une prostituée.

— Il ne nous reste plus qu'à attendre, me dit-elle en cognant son verre contre le mien.

Puisque, de toutes les manières, on ne pouvait pas dormir, on a veillé jusqu'au retour de l'eau. On a parlé de nous, de Nasser, du pays. Vers deux heures et demie, je lui ai dit qu'il valait mieux que je monte chez moi avant que tout le monde ne se réveille.

— Je vais rendre visite à Rose. Elle ne se sent pas bien la pauvre. Quand tu auras fini avec l'eau, ce serait bien si tu pouvais la voir toi aussi, ça lui fera plaisir.

— D'accord, dis-je. À tout à l'heure !

République Algérienne Démocratique et Populaire

Ministère de l'hydraulique et des ressources en eau

Circulaire N° 253 / ML. 12

Un plan spécial entrera en vigueur à partir de demain. Un nouveau programme d'alimentation débutera jeudi pour permettre aux habitants non alimentés quotidiennement de stocker l'eau et pour tester le comportement des conduites d'eau non habituées à recevoir des quantités importantes. Ce schéma définit quatre zones de distribution et prévoit une amélioration très sensible des plages horaires de distribution. Les trente-trois communes de la ville, première zone, seront pourvues entre 5 heures et 7 heures les jeudi, vendredi et lundi.

16

Quand elle est disponible, Malika aide Madame à faire sa toilette. Elle la lave, la parfume, et la masse. Avec sa verve algéroise, elle lui raconte les potins sociopolitiques en cours et des blagues en vogue à mourir de rire, révélatrices de l'immense bêtise des hommes qui nous gouvernent. Sous son impulsion, des voisines gaillardes procèdent une fois par mois à un nettoyage général de l'appartement de Rose. Je vois souvent de mon balcon cette joyeuse équipe qu'on dirait sortie d'une opérette, laver, récurer, astiquer, brosser, épousseter, décrasser, dégraisser, aérer, nettoyer les murs, les fenêtres, les plinthes, et balancer dans la machine à laver tout ce qui ressemble à du tissu. En deux petites heures, l'appartement est si propre qu'on n'ose plus y entrer ou en sortir.

À la fin de ces travaux ménagers herculéens, les filles mettent des disques, aident Rose à se tenir debout et la font danser jusqu'au tournis. Heureuses de ces moments de liberté, elles rient toutes comme des folles, et la vieille dame est aux anges.

— Doucement, mes chéries ! Ah mes petites, glousse-t-elle, je n'ai plus ni le souffle ni le coup de hanche d'antan !

Ce n'est pas cette Rose-là, vive et espiègle, que nous trouvons ce matin effondrée sur le canapé. Sombre et bougonne, à nos questions empressées, elle ne répond qu'en mâchonnant des bribes de mots sans queue ni tête. Malika décide de laisser passer l'orage et commence à ranger l'appartement.

— Dis donc, Rose, s'écria-t-elle, soudain furieuse, en lui mettant devant le nez un cendrier contenant deux mégots et une cigarette à peine entamée, qu'est-ce que c'est que ça ?

Rose n'ose pas soutenir le regard furieux de son amie.

— Tu t'es remise à fumer ? Alors là, ce qui t'arrive doit être grave !

— Toi quand tu fumes, personne ne te dit rien ! bougonne Madame.

— Mais pour moi, ma chérie, fumer ça fait partie de la panoplie ! N'oublie pas que je suis une pute ! Pour toi ce n'est pas la même chose. Le docteur a dit…

— Je m'en fous du docteur !

— Dans quel état tu te mets ! Et puis regardez-moi ça ! Ce bordel ! Tu vas pas tarder à sentir mauvais. Allez, dégrafons tout ça !

— Je vais me débrouiller toute seule. Je ne dois plus me laisser aller. Il faut que je me prenne en charge.

— Comment ça tu vas te débrouiller toute seule ? Tu as honte de te mettre nue devant M. Zakaria ? Tu sais, il en a vu d'autres ! Arrête tes bêtises, ma pauvre Rose chérie, et laisse-moi t'enlever ça !

Malika tend ses mains pour la déshabiller.

— Non, s'il te plaît, Malika, ne me touche pas ! miaule Rose en se crispant sur ses vêtements. Puis elle éclate en sanglots.

— Mais qu'est-ce qui t'arrive, mon bébé ? Tu as du chagrin ? On t'a fait du mal ?

— Non ! articule Rose péniblement en couvrant son visage de ses mains si ridées qu'on dirait des ailes de moineau.

Quelque chose nous bouleverse dans les larmes de cette vieille dame de caractère, à forte carrure, recroquevillée soudain sur elle-même comme un chaton dans le creux d'un divan. Tout l'inconnu de la solitude et de la douleur humaines. Malika s'assoit à son chevet, l'entoure de ses bras et l'embrasse comme on embrasse une enfant humiliée.

— Ça va aller, ma puce, ça va aller, ma petite Rose ! Pleure, lui chuchote-t-elle en lui mettant la tête sur ses genoux. Laisse-toi aller…

Pendant que Rose ouvre les vannes à toutes les larmes de son corps, Malika la berce en lui chantant une chanson de son enfance qui parle de chagrin et d'innocence.

— Quand tu te seras soulagée, est-ce que tu peux te laisser aller et dire à ta meilleure amie, à ta sœur, à ta fille Malika, ce qui te fait aussi mal ? Tu sais que tu peux tout me dire et que je ferais tout pour te porter secours. Tu as confiance en moi ?

— Oui…

— Alors ?

Avec le mouchoir blanc immaculé quelle a toujours dans la main, Rose tamponne ses yeux.

— Tu trouveras un fond de *Marie-Brizard* dans le buffet…

— En haut ou en bas ?

— En bas. Il y a aussi des verres.

Malika verse un dé de liquide bleuâtre dans un tout petit verre en cristal et le tend à Rose.

— Merci ! Prenez-en, vous aussi !

— Ah, non, merci ! Je déteste cette chose ! C'est une boisson pour vieilles dames.

Je me demande comment tu peux supporter ce liquide infâme ! On dirait du shampooing !

Rose me regarde avec la moue de gêne d'un clown triste.

Malika me fait le geste de m'éloigner du canapé. J'emmène le fauteuil vers la porte-fenêtre du salon, tire le rideau et je me place dans une position me permettant de suivre ce qui se passe.

Rose dégrafe délicatement son peignoir, rentre sa main sous sa robe de nuit, sort un sein et le soulève.

— Regarde ! dit-elle tristement.

Sous sa mamelle flapie depuis si longtemps, des champignons. Des sortes d'amanites phalloïdes gros comme des furoncles qui, à certains endroits, pullulent autour d'un même filament de chair.

— Ma pauvre chérie ! Qu'est-ce que c'est que ça ? murmure Malika, blême.

— Tu vois bien ce que c'est ! Des champignons ! Aide-moi à enlever cette robe !

Une fois nue, Rose lève les mains et écarte ses jambes.

— Ils poussent depuis quelques jours sous mes seins, à l'ombre de mes aisselles, et, regarde là aussi dans mon entrejambe.

— C'est incroyable ! Ça vient d'où ?

— Comment veux-tu que je le sache, ma chérie !

— Il faut que je t'emmène voir un dermato. J'en connais un qui est un ami. Le docteur Ziad. On n'a pas besoin de rendez-vous. Ce matin faut qu'on y aille ! Des champignons… quand même, ma petite maman chérie !

17

Le lendemain, vers onze heures du matin, on a sonné. J'ai regardé dans l'œilleton… c'était Nasser ! J'ai ouvert fébrilement la porte. Je n'en revenais pas. Nasser en chair et en os, sur le palier, souriant timidement. Comme un bon élève qui va au tableau, il vient vers moi et m'embrasse normalement, affectueusement, sur les joues, comme on embrasse quelqu'un. Être embrassé par quelqu'un qu'on attend. Deux choses qui ne me sont pas arrivées depuis si longtemps. J'ai envie de pleurer.

— Ah ! c'est bon de te voir, Nasser ! Ah ! On est vivant, putain !

Je ne tiens pas en place. C'est moi que les terroristes viennent de relâcher. Putain, je crois que je commence à lier amitié pour de vrai. J'existe de nouveau.

— Allez, deux bonnes bières pour fêter ça !

— Je prendrais plutôt un café, dit Nasser dans un état de lassitude avancé.

— Bien sûr, j'y vais, je vais te faire ça tout de suite !

— Après je peux dormir chez toi avant d'aller chez moi ? Je voudrais bien prendre une douche aussi, si tu as stocké assez d'eau. Je ne veux pas que ma mère me voie dans l'état où je suis.

— Tu fais comme chez toi !

Quand je suis revenu de préparer le café dans la cuisine, il dormait sur le divan. J'ai soulevé ses jambes et l'ai déchaussé pour qu'il soit à l'aise. Il a dormi jusqu'à trois heures de l'après-midi. J'ai dormi une petite heure aussi. À son réveil il a pris une douche, je lui ai prêté un jean et une chemise, puis nous avons pris du café et des croissants avec du miel. Après son deuxième café, je lui ai demandé de me raconter ce qui s'était passé. Il a arboré un sourire magnifique, s'est dirigé vers une chaise où il avait déposé son linge sale et a pris quelque chose dans la poche de sa veste. Il a exhibé devant mes yeux une enveloppe marron :

— Devine ce que c'est ?

— Qu'est-ce que c'est ?

— Une attestation !

— Une attestation ? Une attestation de quoi ?

— Une attestation de non-menace.

— Qui t'a fait ça ?

— Ben… Eux ! Le groupe armé chez qui j'étais. Ils ont fait une enquête et ont découvert que je n'avais aucune raison d'être condamné à mort. Ils m'ont dit de partir et…

— Recommence depuis le début s'il te plaît, que je comprenne bien.

Il m'a raconté la première partie, lorsqu'ils sont venus le chercher. Si je voulais l'accompagner, il irait bien fêter ça ce soir à *La Méduse bleue*.

— Je te raconterai la suite ce soir au bistro, me dit-il en se levant. Maintenant, je vais rassurer ma mère.

J'étais assez content de ce que j'avais déjà écrit. La scène de l'arrivée des paysans, tout ce qui s'est passé par la suite dans la voiture n'est pas loin de la vérité. De toute façon, ce n'est qu'un brouillon, que je compléterais avec les éléments du jour.

À *La Méduse bleue*, tout en buvant les deux premières bières d'usage, Nasser me raconta la suite. J'écoutais attentivement en notant les différentes étapes de ses péripéties. En même temps, j'avais hâte de lui lire ce que j'avais écrit. Finalement, je l'ai interrompu. « Écoute ça », lui dis-je, fier d'avoir bien avancé.

18

La vieille 504 bâchée quitte soudain la grande route de l'Ouest et bifurque vers la départementale des collines. La rêverie de Nasser cesse quand le conducteur freine brusquement. Un des deux hommes, celui qui fume, se réveille en sursaut et allume immédiatement une cigarette.

— Qu'est-ce qui se passe?

— Un barrage, dit l'autre calmement.

— C'est peut-être les nôtres?

— Depuis quand nous avons des chars d'assaut?

— Toi, dit avec un calme olympien l'homme-qui-fume à Nasser, s'ils te questionnent, tu dis qu'on t'a rencontré au marché de Boufarik où nous avons acheté les poules. Tu nous as demandé de te déposer à Aïn-El-Berda pour aller rendre visite à ton oncle et que tu ne nous connais pas. Si on te demande le nom de ton oncle, tu dis que c'est la famille Sahraoui, boulangers au centre ville. Son prénom c'est Rabah. D'accord?

– D'accord, acquiesce Nasser, qui n'en mène pas large.

– Pose ta carte d'identité sur tes genoux et ne fais aucun geste brusque ! ajoute-t-il en faisant de même.

La 504 ralentit et se rapproche de l'imposant barrage. Des militaires, assis sur le garde-fou en pierre taillée qui protège de la chute dans les ravins, se lèvent pour se planter au milieu de la chaussée. Un officier avec un *chèche* vert autour du cou fait signe à la camionnette de s'arrêter puis s'approche.

– Vous allez où? demande l'officier au chauffeur tout en dévisageant Nasser et l'homme-qui-fume.

– À Aïn-El-Berda...

– Papiers de la voiture et cartes d'identité des passagers ! lâche sèchement l'officier

Le chauffeur lui tend un sachet transparent contenant la carte grise, l'assurance, le permis de conduire et les cartes d'identité des passagers.

— Qu'est-ce que vous transportez?

— Des poulets !

— Pourquoi faire?

— Pour les vendre. Nous sommes des marchands de volailles.

— Les vendre où?

— À Aïn-el-Berda…

— Ouvre la bâche et posez tout ce qu'il y a là-dedans par terre !

Quelques minutes plus tard, toutes les cages étaient posées sur le bord de la route. Les poules tapageaient d'enfer, caquetant et voletant comme des folles.

L'officier s'approche et jette un coup d'œil nonchalant à l'intérieur de la camionnette. L'odeur le fait reculer.

— Combien vous en avez en tout là?

— Deux cents.

— Il y a combien de cages?

— Quarante.

— Il y a combien de poules par cage?

— Six.

L'officier arrache un stylo accroché à la poche de son parka et griffonne sur sa paume droite en commentant à haute voix :

— Alors, voyons… quarante cages multipliées par six poules… ça nous fait combien? Six fois zéro ça fait zéro !… six fois quatre… vingt-quatre ! Ça fait deux cent quarante en tout. Tu mens, mon ami.

– Comment ça? dit le chauffeur en s'inquiétant du tour que prenait le contrôle.

– Tu m'as dit qu'il y avait deux cents poules. Mon stylo qui ne ment jamais, lui, me dit qu'il y en a deux cent quarante. Viens voir !

L'autre se rapproche. L'officier lui met en face des yeux les chiffres gribouillés.

– Regarde : quarante multiplié par…

– Excuse-moi, je ne sais pas lire. Je ne suis qu'un paysan.

– Tu n'es pas un paysan ! Tu es déguisé en paysan, mais tu n'en es pas un. Donne-moi ta main ! ordonne l'officier en lui saisissant un poignet qu'il exhibe aux membres de son bataillon qui se sont agglutinés pour ne rien rater de la scène. C'est une main de paysan ça? Hein, c'est une main de paysan?

Les soldats, pour la plupart d'origine rurale, rient bruyamment.

– Regardez-moi ça ! Il a des mains de pédé et il se prend pour un travailleur de la terre. Tu n'es qu'un trafiquant de poules ! Où tu les as achetées?

— À Boufarik.

— Tu as les factures?

— Non !

— Bon. Tu as de la chance de ne pas être tombé sur les gendarmes. Ils te les auraient toutes confisquées, eux, tes poules. Nous, c'est pas notre travail. Allez, rechargez deux cents et les quarante que tu as oublié de compter, elles restent là. Elles vont nous tenir compagnie. Dégagez vite maintenant, j'ai pas que ça à faire.

19

— Ah, non. Ça ne s'est pas passé comme ça ! L'officier n'a jamais compté les poules, et toute la suite là… « *il a des mains de pédé… les factures…* » et tout ça, c'est n'importe quoi ! s'exclame Nasser.

— Tu riais bien pourtant lorsque je t'ai lu ce passage ? lui réponds-je, humilié de la critique d'un type qui a redoublé trois fois la sixième, deux fois la quatrième avant d'être envoyé dans un centre de formation professionnelle.

— Je riais parce que c'est comique… mais ce n'est pas la vérité. En plus, tu te rends compte de ce que tu écris : Deux cent quarante poules dans une 504 bâchée, plus les cages ! Il faut un camion !

— Mais on s'en fout, de la vérité, putain ! Tu me casses les couilles, tiens !

— T'énerve pas !

— Attends, c'est un livre... Il faut que ça soit captivant.

Ayant regretté amèrement que le mot « couilles » soit sorti de ma bouche, je reprends mon calme pour le faire oublier.

— Tu vois... Nasser... la scène du comptage de poules, par exemple... c'est pour faire ressortir la perversité des militaires ! Tu comprends ? Sinon c'est trop plat, on a que des bons et des méchants.

— Bon, c'est toi l'écrivain ! Moi je te raconte la vérité des choses et toi, tu fais comme tu veux. Tu écris ce que tu veux.

— Bien, que s'est-il passé ensuite ? Vous êtes vraiment allés vendre les poules ?

— Penses-tu ! Les poules, c'est pour leur bouffe. Ça leur fait de la viande et des œufs pour plusieurs semaines. Et en plus ça permet de passer plus facilement les barrages. Arrivée à Aïn-el-Berda, la voiture s'est arrêtée devant un boulanger, le fameux Rabah, censé être mon oncle. C'est le chef d'un réseau de soutien, d'après ce que j'ai compris. Ils se sont embrassés et il leur a planqué une centaine de baguettes de pain derrière les cages pendant qu'on allait manger dans le boui-boui d'à côté.

Je note les lignes directrices du récit de Nasser sur un carnet posé au bord de la table jonchée de bouteilles de bière vides. Je bois plus que lui car lui raconte ce qu'il a vécu et moi j'imagine : les paysages, les traits des personnages, leurs caractères... pendant qu'il parle, je construis dans ma tête l'arrière-plan et j'invente au fur et à mesure les transformations nécessaires. Quand une action vécue par mon héros me suggère une idée que je trouve forte, mon ventre se noue, la fébrilité me gagne et je vide une bouteille sans m'en rendre compte.

Comme d'habitude, il y a beaucoup de monde. Une riche palette d'hommes seuls compose la clientèle hétéroclite de ce caravansérail des déprimes et solitudes, crique perdue où s'échouent les épaves de la nuit, rejetées par les courants de la nouvelle morale nationale. Nasser, lui, a demandé un congé sans solde pour prendre le temps de purger sa peur. Les nuits où Malika n'est pas disponible pour le recevoir, il m'accompagne à *La Méduse bleue* pour décompresser et me raconter l'évolution de son histoire.

— Deux autres, s'il te plaît, dis-je, au garçon qui passe à proximité de nous.

Le serveur ne semble pas m'avoir entendu. Il compte une liasse de billets de banque avec une dextérité vertigineuse. Je lis dans ses yeux une lueur d'inquiétude. Il doit y avoir une erreur de calcul où quelqu'un a essayé de l'arnaquer. Il refait mentalement le compte tout en se dirigeant vers la caisse où se tient Mokrane, le patron. Je connais ce genre de situation, ça peut mal se terminer. Il dit quelque chose à Mokrane. Ses traits virent au sombre.

— À deux kilomètres de Aïn-el-Berda, le type qui… Nordine, tu sais l'homme qui fume… ligoté… il a fait signe… mettre… bandeau… bandeau noir comme… les films… oh, tu m'écoutes !

— Oui, pardon, tu disais donc…

— Je disais qu'ils m'avaient ligoté…

— Qui ?

— Ben, les types !

— Quand ça ? dis-je, distrait, ne lâchant plus des yeux le serveur.

— À la sortie du village, ils m'ont dit qu'à partir de là, ils étaient obligés de me ligoter et…

Le serveur repasse avec la liasse de dinars dans une main et deux bières dans l'autre. Il les dépose sur notre table et, parvenant à la table voisine, lâche l'argent sur la table.

— Il manque 500 dinars ! Vous rajoutez le reste et je reviens récupérer le tout quand le compte y sera, dit-il aux buveurs en retournant vers le bar.

— Il manque le vagin de ta mère ! lui lance l'un des clients.

Le serveur se fige sur place, comme foudroyé. « *Le vagin de ta mère !* » L'insulte suprême. L'insulte des insultes. L'Insulte. Son visage est traversé par toutes les couleurs. Je vois tourner dans ses yeux des centaines de vagins maternels que le tabou de tous les tabous ne lui permet pas d'imaginer et qu'un ivrogne du troisième type venait de le forcer à visualiser quand même. Ces vagins crient vengeance, ils hurlent à la mort. Sans se retourner, le serveur se remet en marche vers le bar. À peine arrivé au niveau de la caisse, un manche de pioche glisse discrètement sous le comptoir de la main de Mokrane à celle de l'humilié.

— Ils m'ont ligoté… puis ils m'ont bandé les yeux, poursuit Nasser.

Le serveur saisit le manche, fait volte-face et s'avance comme un guerrier à l'âme blessée devant laver l'affront dans le sang. L'insulteur remarque la curieuse excroissance en bois, se lève prestement et recule devant l'inexorable avancée. Ses copains l'imitent.

— Qu'est-ce qu'il y a ? s'inquiète Nasser qui, tout à son histoire, se rend compte qu'il se passe quelque chose de grave.

Le premier coup part sans réfléchir, si jamais manche de pioche possède des facultés de réflexion. Il fait basculer, telles de malheureuses quilles, les deux premiers comparses du coupable qui tentent avec des formules d'apaisement de bistro de calmer la furie du guerrier. La clientèle du bar se lève pour suivre ce qui se passe et ne perdre aucun détail susceptible de nourrir leur narration de l'incident le lendemain au bureau.

Comme dans un film de série B, l'insulteur empoigne par le goulot une bouteille de vin, la brise en deux et se met en position de combat. Saisi par on ne sait quelle folie imbécile dont la cause doit être recherchée dans son cerveau mal outillé pour gérer la synthèse de l'alcool, il répète son insulte, lui rajoutant un détail peu apte à adoucir la situation :

— Va niquer le vagin de ta mère, enculé !

— Ce doit être un *Chaoui*[1], dit un client.

Le deuxième coup brise le bras de l'insulteur inconscient. Ses doigts morts lâchent prise. Le ridicule tesson de bouteille tombe et se brise par terre.

— Oh putain ! lâche Nasser, qui ne fréquente cette taverne que depuis qu'il m'y accompagne pour se relaxer.

La troisième frappe est fatale. Porté de

1. Originaires des Aurès, réputés pour leur pugnacité.

haut en bas avec le mouvement du bûcheron qui s'acharne à scinder en deux une bûche récalcitrante, le manche de pioche s'abat sur l'épaule droite de l'homme et la lui fait descendre de plusieurs centimètres par rapport à l'épaule gauche.

— Ah ! lâchent en chœur les spectateurs, comme atteints par les ondes du coup.

L'homme, au buste à moitié démantelé, gémit comme un animal qu'on égorge.

— Demande pardon à ma mère ! Demande pardon ! À genoux ! Embrasse mes pieds et dem…

— Enculé de ta mère !… geint le blessé.

Le coup qui suit, tombe sur l'épaule gauche et la remet au niveau de l'autre.

— Demande-lui pardon ! supplient les clients, qui ont tous mal aux épaules.

— Demande pardon à ma maman ! beugle le serveur.

— Demande pardon, putain !

— Qu'est-ce que ça te coûte ?

— Il va te tuer !

— Qu'est-ce que formuler des excuses ? C'est que des mots !

L'un des types de la tablée qui n'avait pas tout payé, profitant du mouvement de solidarité de la foule de buveurs, sort un couteau de sa poche, s'approche du serveur concentré comme un taureau fou sur un matador qu'il aurait coincé dans un angle de l'arène, et vise le flan…

La vitesse à laquelle le manche de pioche a bougé est difficile à calculer, et sa trajectoire impossible à décrire précisément, mais sans doute parabolique.

— Ooooh ! gémissent cette fois-ci les clients qui portent la main aux yeux pour ne pas voir la mâchoire déglinguée du gars au couteau que le choc a envoyé valdinguer jusqu'au bout de la salle.

— Tu vas demander pardon au vagin de ma mère ! C'est la dernière fois que je le répète ! Tu vas mourir ! Je compte jusqu'à trois… Un !

— Demande lui pardon, putain ! hurle en chœur la foule de clients.

— Deux !

— Laisse tomber la fierté !

— L'orgueil n'a jamais nourri son homme !

— Il va te massacrer !

— Il est con ce type, c'est pas possible !

— Trois !

Le serveur soulève le manche, vise le milieu de la tête dans laquelle a été pensée l'Injure. Mokrane s'interpose, saisit des deux mains les bras vengeurs et empêche le coup de tomber.

— C'est bon, Kader ! Il a eu son compte.

Ce n'est pas la peine d'avoir un mort sur la conscience de ma licence d'alcool, dit-il avec un ton d'affection paternelle signifiant à son employé qu'il est fier de lui et qu'il cautionne son geste. Puis il se tourne vers les compagnons de l'épave humaine qui râle sur le carrelage et leur intime l'ordre de ramasser ce qu'il en reste.

— Allez, les gars, on ne veut pas de problème. Posez les 500 dinars qui manquent sur la table, ramassez votre camarade et filez dehors !

— Mais… mais…

— Il n'y a pas de « mais » qui tienne !

— C'est le couvre-feu, encore… Il est à peine deux heures du matin… vous n'allez pas nous mettre dehors… si on croise un barrage, on est mort ! supplie l'homme. Ils vont nous tirer dessus !

— C'est exactement mon souhait, mais je voudrais que ce soit fait ailleurs et par d'autres ! crie Mokrane à la face du négociateur.

Il se tourne vers les gros bras qui s'occupent de la sécurité, tenus à l'écart de l'incident depuis le début. Les problèmes intérieurs ne les regardent pas. Ils sont payés pour protéger *La Méduse bleue* de la menace extérieure.

— À vous de jouer, mes petits gars ! Foutez-moi ça dehors.

Les trois gars de la sécurité n'ont fait qu'une bouchée des quatre ivrognes arrogants. Ils ont traversé le bar sans trop savoir comment, ont fait un vol plané et se sont retrouvés sur le bitume avec le bruit des sacs de pommes de terre qu'on balance de la remorque d'un tracteur. L'un des sacs émit un cri de douleur atroce en tombant sur l'épaule. La porte en fer se referma, et tous les loquets claquèrent et grincèrent.

— Allez, les gars, c'est fini ! lance la voix de stentor de Mokrane, on est tranquille maintenant ! Vous pouvez reprendre vos places et vos occupations... Et je rappelle quand même à tous qu'il faut respecter les règles de convivialité qui régissent mon respectable établissement. C'est une chance d'avoir une oasis de paix et de tranquillité par les temps qui courent. Si vous ne voulez pas qu'on nous ferme définitivement, faites un effort s'il vous plaît pour contrôler votre vocabulaire et vos pulsions. Allez, tournée générale du patron !

Tout le monde applaudit et l'incident est vite oublié.

— Alors... donc... après qu'ils t'ont ligoté... Garçon, on peut en avoir deux autres, merci ! dis-je par automatisme, oubliant que Mokrane venait de nous offrir une tournée...

on a dit... tu as dit... ils t'ont bâillonné... Qu'est-ce qui s'est passé ensuite ?

Nasser qui n'était pas habitué à ce genre d'ambiance met du temps à s'en remettre.

— Bâillonné quoi ? Qu'est-ce que tu dis ?

— Après que le type qui fume et l'autre...

— Ah oui !

Le serveur passe avec un cageot de bière, le dépose bruyamment par terre, compte les clients de la table et sort une grappe de bouteilles. Je croise le regard de Mokrane et lève ma bouteille vers lui en lui souriant pour lui signifier à quel point je trouve son geste aristocratique. Il me répond par un clin d'œil de contentement.

Nasser n'arrive même plus à soulever sa bouteille.

— Ils m'ont bâillonné... et ils m'ont mis à l'arrière de la 504, au fond, derrière les cages. Dans la basse-cour. J'ai cru que l'odeur de leurs fientes allait m'achever, leurs caquètements me rendre fou. Nous avons roulé pendant des heures...

Soudain Nasser croise les mains sur la table, pose sa tête dessus et s'endort avec la sérénité d'un enfant sur les genoux de sa grand-mère. Je regarde ma montre. Encore deux heures avant la fin du couvre-feu. Deux petites heures devant moi pour reconstituer cette tranche de l'histoire de Nasser. Je sors mon cahier et pendant que mon camarade ronfle, sous la majestueuse protection de Mokrane, j'écris tout ce qu'il m'a raconté jusqu'au moment de s'endormir sur la table.

Vers cinq heures moins le quart, les portes s'ouvrent et les clients commencent à sortir. À cinq heures, il ne reste plus que nous. Mokrane vient me dire de le réveiller et de quitter les lieux. Je lui demande de me laisser finir d'écrire mon chapitre, le temps que les serveurs fassent le ménage.

— Tu fais comme tu veux, me dit-il en bâillant, mais pas de problème, hein ?

Vingt minutes plus tard, les serveurs m'annoncent qu'ils ferment. Je réveille Nasser à qui les deux heures et demie de sommeil ont fait du bien. Il se sent heureux et me dit que ça faisait longtemps qu'il ne s'est pas senti aussi bien.

— Tant mieux, lui dis-je, ce n'est pas mon cas. Je suis vanné. Je sens que je vais dormir jusqu'à la prière du soir.

Je lui donne les clefs de ma *Zastava*, lui dis d'aller la chercher et de conduire. Je me sens incapable de mener mes six chevaux tchécoslovaques jusqu'à l'écurie. En l'attendant, pour respirer l'air du large, je grimpe sur le monticule devant la crique.

Un homme se tient au milieu de la petite plage. De forte stature, avec un costume « bleu de chine », un fin tissu délavé très estimé par les gens de la côte pour sa légèreté et la fraîcheur de son contact avec la peau par temps chaud. Une barbe très fournie lui arrive jusqu'au plexus. Devant lui, plantée dans le sable, une canne à pêche en bambou. Il regarde dans ma direction. Il n'y a personne d'autre que nous dans la crique. Il me fixe intensément et ne se retourne vers la mer que lorsque la clochette de sa canne se met à tinter – ça mord. Il s'empare de la canne et tire en tournant vigoureusement le moulinet. Mal à l'aise, je quitte le terre-plein non sans jeter un dernier regard vers le pêcheur qui déroule maintenant son moulinet, la tête tournée vers moi pour me regarder partir avec un sourire bizarre.

— Zakaria ! Oh, Zakaria ! Pow pow !

Le klaxon de la *Zastava* se mêle à la voix de Nasser.

— Oh ! On y va ou quoi ?

20

Le dermatologue en est tout retourné :

— Des champignons ! De vrais champignons ! À première vue, ils ressemblent à de vulgaires amanites, on en mangerait. Comment est-ce possible ? Jamais dans ma longue carrière, je n'ai vu une chose semblable. J'ai reçu des jeunes filles pleurant du verre, de jeunes hommes à la peau de serpent, j'ai vu des mélancoliques entièrement revêtus de peau de chagrin, mais ça, ça !

Il entraîne Malika à part et lui demande, gêné, si son amie se lavait régulièrement, puis lui pose mille autres questions. Il prescrit finalement quelques pommades usuelles et des placebos en attendant de se renseigner sur cet étrange phénomène auprès de ses confrères.

Quelques jours plus tard, le dermatologue confie à Malika que Rose est atteinte d'une maladie inconnue. Aucune médication ou intervention chirurgicale ne pourra stopper le développement des champignons. Il faut convaincre Madame de se faire hospitaliser. Les spécialistes surveilleront de plus près le phénomène.

Rose refuse catégoriquement d'être enfermée dans un hôpital et de servir de cobaye.

— Le jour où ils trouveront ce que j'ai, je ne sais pas si je serai encore vivante. Je préfère rester tranquille chez moi et mourir gentiment. De toute façon j'ai fait mon temps, ça suffit comme ça.

Une nuit de retour de l'eau. Malika et moi sommes allés tenir compagnie à Rose très tôt dans la soirée. Nasser avait promis de nous rejoindre après le remplissage des bassines avec sa mère. Pour distraire Madame, nous avons passé la nuit à refaire le monde, à rire, à parler de tout et de n'importe quoi. Elle a bu de la tisane, Malika et moi nous sommes sacrifiés à boire le reste de *Marie-Brizard* pour lui faire plaisir.

Les champignons s'étaient développés de façon impressionnante. Rose avait beau employer des ruses de coquette pour les masquer, on en voyait pointer leur nez derrière son oreille, le seul endroit difficile à cacher entièrement.

Depuis la nuit où j'ai surpris Malika et Aziz faire l'amour, je ne peux plus respirer son parfum, regarder ses seins ou la voir se déhancher sans que le désir me dévore. Je n'avais jusque-là jamais ressenti un tel trouble en sa présence. Il est trop tard pour changer quoi que ce soit à notre complicité amicale. Passant son corps mille fois au crible de mes rêves érotiques, ce corps que je n'avais jamais deviné si magnifique avant la nuit de l'alambic, il m'est arrivé de me réveiller suffoquant de désir, de penser m'habiller, aller frapper chez elle, lui dire à quel point j'ai envie d'elle et lui demander ensuite pardon pour mon écart de comportement.

Je tourne en rond comme un tigre en furie en lui parlant dans ma tête. Après tout, ne suis-je pas un homme comme les autres ? Je n'ai pas touché une femme depuis dix-huit mois… je suis prêt à mettre le prix qu'il faut. Malgré son activité, elle et Nasser sont comme fiancés. Ce serait une trahison de ma part, mais le désir est trop fort.

Je parvenais à me convaincre de passer outre, mais chaque fois que je me trouvais devant sa porte, je renonçais.

— Ma chérie, dit tristement Rose, les

temps sont devenus difficiles. Tu devrais épouser Nasser et vous devriez quitter le pays tous les deux. Vous êtes encore jeunes.

— Il ne veut pas partir. Qui va s'occuper de sa maman ? dit Malika dans un soupir exagéré mais non moins sincère.

Je ne sais comment c'est sorti. Je lui demande à brûle-pourpoint, d'un air se voulant détaché, si elle n'a pas une préférence pour Aziz depuis la fameuse nuit où. Étonnée que je fasse allusion à sa vie intime, Malika me regarde d'une façon bizarre en souriant. Je ne sais si l'étrange lueur qui pétille dans ses yeux est le frémissement d'un bonheur passager lié au souvenir de l'accouplement sublime avec l'adolescent de trente-cinq ans, ou si elle veut simplement dire : « Et en quoi ma vie amoureuse te regarde, toi, espèce de connard !? »

Elle tourne sa tête vers la fenêtre, comme pour chercher dehors la réponse à ma question, puis répond :

— J'ai énormément d'admiration pour Aziz, mais c'est Nasser que j'aime. C'est lui qui me bouleverse et m'émeut.

C'est l'une des plus belles phrases d'amour que j'ai entendues de ma vie.

J'aurais tant voulu qu'elle me soit adressée.

21

Nasser regarda tout autour de lui. Pas de doute, le lieu est une vaste grotte aménagée. Peut-être une ancienne mine, ou des galeries abandonnées creusées par les militaires pour abriter des projets d'armes sophistiquées du temps de l'Algérie « soviétique ». En tout cas, le décor donne froid dans le dos. Au fur et à mesure de sa progression dans un de ces couloirs naturels, il croise de jeunes hommes à la barbe drue habillés d'un mélange d'effets vestimentaires d'origine afghane mélangés à des pantalons ou des vestes de parachutistes. Certains portent des *chèches*, d'autres têtes sont coiffées de bonnets de montagnards du Pakistan. Dans un renfoncement, Nasser entrevoit une femme à *burqa* tapant à la machine.

Au bout du troisième couloir, on le fait entrer dans une immense salle aménagée en plusieurs bureaux séparés par des cloisons et dont le mobilier ne rougirait pas devant ceux de n'importe quel commissariat de police de banlieue. Les mêmes caissons en tôle grise, les mêmes étagères en fer ployant sous les dossiers. Des hommes et deux femmes s'affairent à écrire, ranger, classer, et tapent sur des claviers d'ordinateurs tout neufs, encore couverts en partie de films de cellophane. Une véritable petite administration de campagne.

L'un des hommes tire une chaise en plastique et la lui désigne.

– Assieds-toi. L'Émir Nadir va te recevoir dans quelques instants. Je vais le prévenir.

L'homme frappe à une porte en fer, grossièrement soudée à des pitons fichés dans la paroi. Une voix grave tonne :

– Qui c'est?

– C'est Nordine, chef, je peux entrer?

La porte s'ouvre et Nasser aperçoit l'intérieur d'un bureau.

Le deuxième accompagnateur de Nasser lui propose un café ou un thé.

— Non, merci ! répond timidement Nasser.

Le premier homme ouvre la porte du bureau, lui fait signe de se lever et l'invite à entrer.

Un homme dont la barbe rousse ressemble à un buisson en feu s'approche et lui tend la main. C'est l'Émir. Nasser lui donne la sienne et réprime un cri de douleur au moment où son hôte la broie dans la sienne.

La barbe rousse dit à l'accompagnateur de le laisser seul avec « l'invité ». L'autre exécute une sorte de salut militaire très sec, se retourne et quitte les lieux.

— Alors, que penses-tu de notre base, frère Nasser?

— Heu... c'est bien, marmonne Nasser en jetant autour de lui un regard furtif.

— C'est tout ce que tu as à dire devant le travail colossal que nous avons déployé pour asseoir la base qui va accueillir le futur Gouvernement Provisoire? Mais je comprends... ce n'est pas encore tout à fait ça... Il reste encore beaucoup à faire. Assieds-toi !

— Nous sommes où, là, exactement... C'est quoi tout ça?

L'homme éclate de rire.

– Ne me dis pas que tu es naïf à ce point, frère Nasser… Ou alors, si c'est au malin que tu joues, tu pâtiras de ton audace ! Passons à ton sujet de préoccupation… On m'a dit que tu as été menacé. Je peux voir?

Nasser dégaine rapidement la feuille de papier soigneusement calée dans sa poche revolver et la déplie de ses doigts tremblants.

– Voilà !

L'homme appuie sur un bouton et une sonnerie sourde se fait entendre de l'autre côté. Quelques secondes plus tard l'un des accompagnateurs de Nasser entre.

– Tiens, Saïd, remets ça au service d'investigation afin qu'il détermine l'authenticité de cette lettre, et vérifie si le nom de ce monsieur est sur l'une ou l'autre de nos listes.

L'homme claque des talons.

– Tu comprends, frère Nasser, si notre organisation, animée par un désir de justice, œuvre pour l'instauration d'une société égalitaire, toutes les personnes et parfois des sections entières ne sont pas exemptes de dérives maffieuses. Il arrive que des bataillons infiltrés par la police secrète s'évertuent à tout mettre en œuvre pour nous discréditer auprès de l'opinion publique.

— Est-ce que… Est-ce que vous auriez du paracétamol, s'il vous plaît? lâche Nasser, tourmenté par un mal de tête.

— Quoi?

— Du paracétamol ou sinon, de l' aspirine.

— Mais bien sûr, nous devons avoir ça en pharmacie, dit son interlocuteur en éclatant de rire, tu as dû avaler d'énormes quantités de vin avant de te décider à venir nous voir, et puis hier soir tu as pris une sacrée cuite, j'en suis sûr !

— Je ne bois pas d'alcool, ment Nasser en rougissant.

— Comment ça, tu ne bois pas d'alcool? Un reste d'ivresse de la nuit dernière voile encore tes yeux, diagnostique l'Émir en plongeant son regard d'aigle dans les pupilles de Nasser, les traces du vin qui engorge tes veines sont visibles. Tu as beaucoup bu hier soir !… Est-ce que je me trompe?

— Non, vous ne vous trompez pas ! Comment avez-vous pu deviner? J'ai pourtant tout fait pour que ça ne se voie pas !

— J'ai bu plus que ce que ton ventre ne

pourrait contenir durant toute ta vie ! Tous les anciens bistrotiers d'Alger me connaissent.

— Et alors, comment ça se fait que…

— Je me suis repenti. En me remettant à Dieu, j'ai oublié les tourments qui rongeaient mon cœur. L'islam est une religion de pardon, frère Nasser ! Chacun de nous naît avec une corde au cou. Ce cordon invisible est relié à Dieu. Nous pouvons aller au bout de toutes les expériences mécréantes et perverses. Dieu nous laisse faire, il nous donne du mou, mais de temps à autre, il tire sur la corde pour nous prévenir, nous alerter que nous allons trop loin. Et le jour où nous comprenons par nous-mêmes que nous avons dépassé la frontière et que nous désirons revenir vers le droit chemin, Le Miséricordieux nous pardonne, efface nos péchés et nous prend sous sa coupe. J'étais un petit truand qui semait la terreur à Bab el-Oued et dans plusieurs quartiers d'Alger avant que le doigt de Dieu ne m'indique la route à suivre.

La porte en fer s'ouvre pour laisser entrer Saïd.

— Alors? lui demande l'Émir.

L'être de Nasser est vissé aux lèvres de l'homme.

— Cette lettre ne relève pas de notre secteur et nous n'avons pas pu déterminer sa provenance. Cet homme est absent de nos registres. J'ai consulté moi-même les listes de nos condamnations à mort, son nom ne figure sur aucune d'elles.

Barberousse prend la lettre et l'examine. L'enquêteur continue son rapport.

— Le tampon ne me semble pas authentique. Il appartient à un groupe non identifié, peut-être des amateurs, à moins qu'il ne s'agisse d'un document rédigé par un faussaire.

— Frère Nasser, dit Barberousse d'un air soudain sombre, il existe des voyous qui se sont regroupés en *katibates* clandestines et qui, sous des déguisements de combattants de l'Islam, ne sont en réalité que des malfrats dirigeant un vaste trafic très rentable.

— Quel trafic?

— Ils conçoivent des lettres de menaces au cas par cas et les vendent très cher à des individus qui veulent quitter le pays pour s'installer à l'étranger. Ces lettres de menaces leur permettent d'obtenir des visas très facilement.

— Oui, mais je n'ai fait aucune démarche pour obtenir ce document. Je veux dire, je n'ai pas besoin de visa, je…

— Il leur arrive d'en envoyer une première pour foutre la trouille. Les destinataires se présentent alors aux consulats étrangers, mais ils leur demandent une lettre de confirmation de menaces.

— Comment ça?

— Une autre lettre qui confirme que la première n'est pas une fausse. Et à ce moment-là, les rédacteurs se présentent et font une offre pour rédiger la seconde qui permet d'obtenir le papier convoité. Y a-t-il des gens qui ont intérêt à ce que tu quittes le territoire?

— Qui trouverait un intérêt à ce qu'un type comme moi quitte le pays? dit Nasser d'un air penaud.

— Je dis ça comme ça, je ne sais pas, moi, répond Barberousse que le sujet commence à ennuyer, quelqu'un qui voudrait par exemple récupérer ton appartement, ou le poste que tu occupes. Qu'est-ce que tu fais déjà comme métier?

— Technicien du gaz.

— La future République islamique aura besoin de techniciens du gaz, frère

Nasser. Pourquoi ne rejoindrais-tu pas nos rangs?

Une ombre d'inquiétude traverse le visage de Nasser. Il respire lentement afin de puiser dans ce laps de temps une réponse qui ne soit pas compromettante.

– Je...

– Tu as tout le temps pour réfléchir, le coupe le chef islamiste en se levant de son fauteuil. Tu passeras la nuit avec nous. Demain matin, à l'aube, tu seras raccompagné à la ville voisine d'où tu prendras un taxi pour rentrer chez toi. Tu as de la chance, ce soir, nous faisons une fête pour deux de nos hommes qui se préparent au sacrifice.

– Quel sacrifice?

– L'amour de Dieu. En attendant, suis-moi, je vais te faire visiter les lieux.

Il prend Nasser par l'épaule et l'invite à le suivre.

– Notre mission, cher frère Nasser, contrairement à ce que divulguent les journalistes francophones à la botte des militaires, est civilisatrice. Nous devons remettre sur les rails de la civilisation musulmane la personnalité profonde de notre peuple. Le colonialisme français a gravement bouleversé son équilibre. Mais ceux qui lui ont probablement fait encore plus de mal, ce sont les impies inféodés à la France. Ils diffusent de façon directe ou sournoise sa philosophie et son mode de vie. Notre mission est d'éliminer ces traîtres infiltrés dans tous les rouages de la société. Ils sont au gouvernement, dans l'administration, l'armée, l'enseignement, et même dans les mosquées où ils diffusent, disent-ils, un « Islam modéré ». Comme s'il y avait plusieurs Islam !

À mesure qu'ils avancent dans les galeries, des bruits de rafales de balles de toutes sortes d'armes parviennent à leurs oreilles. Nasser se tourne vers Barberousse et le regarde dans le blanc des yeux avec l'air candide et apeuré d'un chaton timide. L'Émir le toise avec une lueur d'ironie, puis pousse une porte sur laquelle est inscrit : « Communication et Médias ». Dans la salle sont empilés des moniteurs de télévision les uns sur les autres. Deux hommes sont concentrés sur des claviers qu'ils manipulent avec une grande dextérité. Sur les écrans, des images de journaux télévisés noyées dans une cacophonie de langues étrangères.

— C'est notre médiathèque. Nous suivons pas à pas l'actualité du monde, et analysons les propos des uns et des autres afin de déterminer qui sont nos ennemis… et nos amis aussi bien sûr ! précise l' Émir en éclatant d'un rire se voulant sympathique.

Sur un écran à l'écart, des images défilent, se figent, reviennent en arrière, freinent en émettant des sifflements, puis se mettent à courir dans l'autre sens.

— Nous avons découpé par carrés tous les arrondissements de la capitale et des grandes villes, et nous y installons des militants munis de caméras vidéo. Ils filment tout ce qui bouge. Les garçons ici présents épluchent ces images pour y détecter les mécréances qui se commettent.

Il tire Nasser par le coude et l'entraîne vers le bout de la galerie. Les bruits de tirs se rapprochent.

— Nous effacerons à jamais tout ce que la culture française a imprimé dans la mémoire de ce pays. Nous en arracherons les racines et décaperons le vernis, quelle que soit l'épaisseur de sa couche. Nous extirperons du disque dur du temps les cent trente-deux ans de la présence satanique de l'impérialisme français. Que représentent quelques misérables décennies devant l'empire incommensurable du temps? Que reste-t-il des Romains qui sont restés six cents ans chez nous? Rien ! Quelques vestiges, des statues, un viaduc par-ci par-là sur lesquels pissent nos chèvres et nos bergers. De la blessure infligée par la culture française, bientôt ne resteront que des croûtes que nos ongles assoiffés de revanche détacheront petit à petit pour faire durer le plaisir.

La voix de l'orateur se perd dans le tonnerre des tirs que les parois renvoient en écho. Une lueur de fierté l'anime lorsqu'ils aboutissent enfin à la salle d'entraînement au tir.

– Et voilà notre motif de satisfaction et de fierté, dit-il en montrant une vingtaine de jeunes hommes tirant sur des cibles. Ces hommes d'élite feront trembler les ennemis de Dieu. Bientôt, des milliers comme eux sèmeront la terreur dans ce pays et si Allah nous donne Sa bénédiction et nous prête Sa force, nous planterons le glaive de Sa grandeur et Majesté jusque dans le cœur même de l'Occident et l'Amérique honnie. J'espère que ta présence parmi nous va aider ta conscience à regarder vers l'avenir et transformer ton idéologie. J'aimerais, si tu le veux bien, t'aider à trouver le droit chemin de Dieu. Je te mettrais entre les mains des meilleurs oulémas.

— Mes seules préoccupations dans ce bas monde, sont l'eau et ma mère, répond Nasser, qui ne soupçonne pas une seconde à quel point ces mots peuvent lui coûter cher.

— Maintenant, continue Barberousse comme s'il n'avait pas été interrompu, tu vas te reposer pour être en forme pour la fête qui va durer une partie de la nuit. Viens, je vais donner des ordres pour que tu sois logé confortablement. Tu vas voir une vraie fête.

22

— Et c'était quoi cette fameuse fête ? je demande à Nasser qui pâlit chaque fois que j'y fais allusion.

— Une fête bien particulière Il vaut mieux commander deux *Nouas* bien fraîches et prendre des forces avant de l'entendre, parce que je crois bien que tu vas être secoué, monsieur l'écrivain.

Nasser, sous ses faux airs de naïf, possède l'intelligence fine de ceux qui manient le bon sens populaire. Depuis que je le harcèle, sa façon de se faire payer est de me laisser régler ses consommations. C'est une sorte de consensus : je paie à boire, il raconte. Il raconte, je paie. Il en profite un peu, mais gentiment, sans perversité. Comme jadis les conteurs sur la place publique s'arrêtaient aux moments cruciaux d'une histoire pour passer le chapeau, à chaque moment clef de la narration, Nasser secoue sa bouteille pour me signifier qu'elle est vide.

Je lève la main et fais bouger l'index et le majeur en direction du serveur. Il vient vers nous.

— Messieurs, je regrette, mais il n'y a plus de bière. Je peux vous ouvrir une bouteille de rouge…

— Comment ça, il n'y a plus de bière ?

— Je travaille pas aux informations. Vous allez peut-être le lire demain dans les journaux. Alors, vous voulez du rouge ou pas ?

— Quels journaux ? Qu'est-ce qui est arrivé ?

Un client d'une table voisine se penche vers nous.

— La brasserie où ils s'approvisionnent a été ravagée par un incendie criminel.

— Oh merde ! fais-je en me rappelant qu'il n'y a que deux brasseries industrielles pour tous les soiffards du pays.

— J'espère que celle qui reste ne subira pas le même sort ! ajoute l'homme, anticipant sur ses soifs futures.

— Ils s'attaquent aux entreprises économiques maintenant, se désole un de ses amis avec des airs de cadre supérieur.

— Où va-t-on ? se plaint le dernier des

voisins de table qui ne faisait qu'écouter jusque-là. Si ça continue comme ça, ils vont s'en prendre aux vignes !

— Une bouteille de rouge, alors ! dis-je au dos du serveur qui s'en allait.

Il rapporte une bouteille ouverte de *Coteau de Tlemcen* avec deux verres à eau très épais et opacifiés par l'usage.

— Alors, cette « fête » ? dis-je, en nous versant du vin.

Nasser boit lentement le nectar madérisé pour anesthésier la douleur du souvenir et se reconnecter au fil.

— Tu te souviens des films comme Hercule, Ulysse, les hommes préhistoriques, comme par exemple... la guerre du feu ?

— Bien sûr !

— Tu vois les grottes où ils allument le feu, ils mangent, ils dansent et après ils dorment tous là-dedans ?

— Oui !

— Et ben, c'est comme ça. C'est dans une salle comme ça qui se trouve au fond des galeries que ça s'est passé.

— Qu'est-ce qui s'est passé ?

— Barberousse a demandé à l'un de ses hommes de me montrer l'endroit où j'allais dormir pour me reposer du voyage. Le type m'a emmené dans ce qu'ils appellent leur dortoir. Des dizaines de matelas en mousse posés les uns à côté des autres directement sur la roche. Il m'en a montré un du doigt et puis il est parti. Je me suis allongé, mais je n'arrivais pas à trouver le sommeil. Une demi-heure plus tard, cinq hommes sont entrés et se sont affalés sur leurs lits, tout habillés, avec leurs chaussures et tout. Ils se demandaient qui j'étais. J'ai fermé les yeux pour éviter leurs questions et, en même temps, j'étais curieux de savoir ce qu'ils se disaient.

— Ils se disaient quoi ?

— L'un d'eux avait dit de parler moins fort pour éviter de me réveiller. J'avais juste compris qu'ils revenaient d'une opération de nuit où ils avaient attaqué et massacré je ne sais qui. Leurs commentaires m'ont foutu une de ces trouilles ! Après ça, je n'entendais plus que mon cœur. Il battait si fort que j'avais peur qu'ils l'entendent aussi. Vers huit heures du soir, deux gars sont venus les réveiller pour aller dîner et se préparer pour la fête. Ils se sont tournés vers moi.

« Tu es l'invité d'honneur de notre Émir. Il t'attend. »

Dans la grande salle, il y avait tout le groupe. Au moins soixante personnes.

— Combien de femmes ?

— Une dizaine. Elles servaient du couscous dans de grands plats en plastique autour desquels ils étaient assis. Seuls l'Émir, son lieutenant et moi, avions des plats individuels. Le couscous n'était pas bon, mais pas mauvais non plus. Il y avait tout ce qu'il fallait, mouton, poulet, épices. Les filles qui faisaient la cuisine devaient être des étudiantes qui n'ont jamais appris à la faire, ou des paysannes qui n'ont pas une cuisine raffinée, tu vois ce que je veux dire ?

J'allais acquiescer lorsqu'un coup de feu éclata, suivi de deux autres, faisant péter les ampoules du plafonnier de l'entrée. Une partie des clients courut dans tous les sens, quelques-uns hurlèrent et d'autres plongèrent par terre, rampant vers l'endroit qui leur semblait le mieux adapté pour se protéger. J'étais tellement sonné que je n'ai pas bougé d'un iota. Nasser a eu la même réaction que moi. Bouche bée, l'air hagard, il m'a regardé comme un enfant qui cherche la sécurité dans les yeux de sa mère un soir d'orage. Deux, puis trois autres explosions suivirent. Les ampoules s'éteignirent les unes après les autres jusqu'à ce que le lustre ne soit plus qu'un squelette de verre brisé. Deux autres coups partirent mais beaucoup plus tonitruants, moins secs que les premiers. Nasser et moi étions par terre, la table en bouclier.

— Police ! crie une voix. Cessez de tirer, nous sommes de la police ! C'est nous qui avons tiré en premier !

— Police de ta mère, hurle Mokrane du haut de l'escalier qui mène vers son bureau. Il était là-haut depuis le début de la soirée en train de se reposer ou de faire ses comptes. C'est lui qui venait de tirer avec un fusil de chasse, le bruit typique du *Saint-Étienne* qu'on casse en deux pour l'ouvrir et le souffle particulier des douilles lorsqu'elles sont projetées par la pression contenue dans le canon.

Les trois gaillards de la sécurité de l'établissement traversent la salle en courant et se réfugient derrière le comptoir.

— Nous sommes des flics. Vous allez arrêter ou on va vous niquer tous comme vous êtes, bande de pédés !

Le bruit du *Saint-Étienne* qui se referme arrive à mon oreille. Mokrane a rechargé son fusil. Soudain le grincement d'une porte d'armoire. On farfouille à l'intérieur et le même bruit de fusil qui s'ouvre pour être chargé. Plusieurs fois. L'un des gros bras du patron, le buste courbé, court et se retrouve une seconde plus tard, tapi entre la porte d'entrée et une colonne en marbre. Deux balles ont sifflé sur lui à son passage. Les deux autres gaillards apparaissent et, comme dans un film sur la mafia, tirent en même temps que Mokrane et l'homme posté derrière la colonne de marbre. Un vrai déluge de feu. L'un d'eux hurle.

— Putain de merde ! dit Nasser, en tremblant.

— Arrêtez, bande de cons. Y a un blessé. Putain, arrêtez ça ! On est des flics, on vous dit ! C'est pas des conneries ! On est venu juste pour boire un coup, c'est tout.

— Sortez de là, crie Mokrane. Couvert par ses sbires, il recharge de nouveau son impressionnant fusil à pompe.

— On veut faire de mal à personne. On visait les ampoules pour s'amuser. On veut se défouler un peu, c'est tout. Voilà, nous posons nos armes sur la table. Ça va, comme ça ?

— Faites-les glisser sur le carrelage jusqu'à moi ! Et sortez vos cartes professionnelles. Si vous dites la vérité, on verra comment on peut s'arranger.

Pendant qu'il négocie, les anges gardiens de *La Méduse bleue* glissent leurs cartouches de plombs à sanglier dans les canons. L'un des flics jette son arme. Le lourd morceau métallique glisse sur le carrelage jusqu'à quelques centimètres du comptoir.

— Vous êtes combien ? lance Mokrane.

— Ils sont quatre, répond le serveur qui

s'était occupé d'eux depuis qu'ils étaient rentrés.

— Nous avons un blessé, dit l'une des voix des tireurs sur lustre.

— Il manque trois armes ! Vous avez cinq secondes pour me les donner sinon on vous grille les couilles.

Deux secondes après le mot couilles, les trois 9. Béretta sont projetées presque en même temps sur le sol.

— Vous n'avez pas d'autres armes ? lance Mokrane.

— Non !

Le patron, accompagné de ses hommes, canons de fusil pointés vers les pistoleros, avance vers eux. Ils ramassent les pistolets éparpillés par terre.

— Levez-vous !

Les quatre zigotos obéissent. Ils se remettent debout et donnent soudain l'air d'être de grands adolescents timides qu'on a surpris en train de faire du bruit pendant une boum improvisée.

— Vos cartes professionnelles !

— Voilà !

— Posez-les sur la table !

Ils obtempèrent.

— Ramasse et vérifie-moi ça, dis Mokrane à l'un de ses hommes.

L'autre parcourt les informations sur les identités et les photos apposées sur les cartes en plastique traversées par les trois bandeaux vert blanc rouge du drapeau algérien.

— C'est des vrais !

— Qu'est-ce qui vous a pris ? hurle Mokrane en lâchant sa colère contenue jusque-là. C'est une maladie ou quoi ? Vous vous croyez dans un champ de tir ? Vous foutez la trouille à d'honnêtes gens qui viennent ici chercher la sécurité. Je suis un ancien de la bataille d'Alger du temps de la vraie guerre d'Algérie, moi. C'est pas des petits cons comme vous qui vont me faire peur. J'ai une autorisation spéciale pour ouvrir ce bistro qui est un bunker contre les terroristes et pour protéger les derniers cerveaux valables de ce pays. Je sacrifie ma vie pour créer un havre de paix, et c'est la police qui vient foutre la merde ! C'est pas des petits merdeux comme vous qui chient dans leurs culottes pendant un accrochage qui transformeront mon bistro en champ de tir. Je reçois des collègues à vous presque tous les soirs. Ils sont beaucoup plus adultes et beaucoup plus respectueux. Si vous voulez récupérer vos outils de travail, vous allez rembourser ce lustre qui n'est jamais tombé en panne depuis 1962. Depuis que ses anciens propriétaires ont quitté le pays. Ce lustre marche encore au 110 volts avec un transformateur spécial. C'est une œuvre d'art et vous l'avez niqué rien que pour vous amuser. Où je vais trouver des ampoules 110 volts, moi ? Hein ? Où ? Il faut que je les commande dans une entreprise spécialisée en France et les payer en devises. Et encore, je ne sais même pas s'ils en fabriquent encore !

Les policiers bafouillèrent des excuses en expliquant que le stress, la fatigue, tout ça mélangé avec l'alcool, alors ils ont déconné. L'un d'eux a même éclaté en sanglots en racontant que ça faisait trois semaines qu'il n'avait pas vu ses enfants. Mokrane lui a tapoté sur l'épaule en lui disant qu'il compatissait mais que ça n'avait rien à voir avec le fait de tirer avec un Béretta sur des ampoules 110 volts. Il a demandé à l'un des serveurs d'aller chercher le nécessaire dans la boîte à pharmacie pour soigner la blessure, une éraflure en fait, puis il leur a demandé d'offrir une tournée à tous les clients pour faire oublier l'incident. Les flics ont accepté et tout est rentré dans l'ordre.

— Alors, cette fameuse fête, dans la grotte, c'était quoi ? repris-je, obstiné à savoir la vraie histoire de Nasser.

— La fête ?

— Oui là-haut, dans la grotte !

— Deux jeunes « combattants de la foi », comme ils se nomment, devaient le lendemain se faire exploser avec une bombe de très forte puissance dans le centre ville. L'Émir a décidé de fêter leur départ au paradis des Martyrs. Il m'a expliqué qu'ils allaient être déchiquetés par l'explosion, ou bien leurs morceaux ramassés et jetés tels des chiens morts dans des fosses communes. Comme la toilette rituelle et la prière qui accompagne le voyage de leurs âmes vers le paradis manqueront, ils les font avant. Ils les préparent. Ils leur font le simulacre de la mort.

— Comment ça ? dis-je en ayant tout d'un coup froid dans le dos. Le simulacre de la mort ?

— Je vais te raconter comment ça s'est passé. Comme les deux jeunes hommes étaient vierges – vierges, pour eux, ça veut dire célibataires – l'Émir et son groupe ont décidé de les marier avec deux jeunes filles kidnappées sur les routes ou des militantes consentantes. C'est destiné à donner un avant-goût du paradis. Ce soir-là, donc, exceptionnellement, on anticipe le paradis. Les deux kamikazes ont droit à goûter à ce que l'islam interdit sur terre, mais qu'il rend licite à volonté là-haut. Puisqu'ils sont considérés comme morts, ils ont accès à tout. On danse et on chante des chansons qui louent la félicité du monde éternel. Tout le monde a dansé et chanté des chants religieux entraînants. Après ils ont accompagné les deux couples dans deux cavernes décorées et parfumées comme des chambres nuptiales. Et, au milieu de la nuit lorsqu'ils ont fini de s'adonner à satiété aux plaisirs de la chair et de l'alcool, ils les dirigent vers une cavité destinée à la toilette des martyrs, où les attendent deux hommes parmi les plus âgés du groupe, désignés pour laver les morts.

— Et ça se passe comment ?

— Les deux combattants se déshabillent et s'allongent entièrement nus sur une plateforme en bois. Un peu comme le lit en marbre destiné aux massages, dans les hammams. Ils ferment les yeux pour simuler la mort. Les laveurs procèdent au lavement rituel, ensuite ils les couvrent d'un linceul et les font ressortir pour que toute l'assemblée récite la prière des morts. Après la prière de l'absent, ils chantent une ritournelle mystique qui m'a donné la chair de poule.

— Tu te souviens des paroles ?

— C'est une chanson macabre. Les mêmes paroles sont répétées et les chanteurs accélèrent de plus en plus le rythme afin d'atteindre l'extase. Nasser se penche vers moi et me la chante à voix basse :

« Ô ver mange ! Mange !
Mange ma chair et mange mes os !
N'épargne que ma langue
Pour répondre à mon Seigneur ! »

Le chant et son contenu me glacent.

— Une fois le rituel accompli, ils s'habillent normalement et se préparent à partir bénis par l'Émir avec la voiture chargée d'explosifs.

— C'était eux la bombe de l'A.L.N.[1] ?

— C'est possible. Je ne sais pas. Il y a tellement de bombes qui explosent.

— Et... et tu as eu des nouvelles d'eux, après. Ils s'en sont sortis ou pas ?

— Comment veux-tu que je le sache ? Tu crois que je me suis occupé de ça ? Il y a des attentats partout comment veux-tu que je déduise quoi que ce soit ? Le matin, avant de me bander les yeux, l'Émir est venu avec son lieutenant me souhaiter un bon retour et m'a assuré qu'il s'occuperait personnellement d'enquêter sur ma lettre et qu'il punirait les coupables. Il m'a dit aussi que maintenant que je connaissais le canal, si je décidais de rejoindre leur mouvement, je saurais comment faire. Puis il m'a fait la bise...

— La bise ?

1. Avenue de l'Armée de Libération Nationale.

— Oui ! et il m'a dit : « Tiens j'ai failli oublier ça. C'est pour toi ! » Et il m'a remis l'attestation de non-menace que je t'ai montrée. Ensuite, deux autres combattants m'ont emmené à la station de taxis d'Aïn el Berda. Ils ont parlé à un chauffeur qui fait partie de leur réseau de soutien et lui ont demandé de me ramener chez moi après lui avoir glissé quelques billets.

— Et ben, dis donc ! Et tu n'as pas été traumatisé par toute cette aventure, ce rituel macabre ? À ta place j'aurais fait des rêves et des cauchemars à n'en pas finir. J'aurais même peut-être perdu la raison !

— J'étais content de m'en sortir à si bon compte, de découvrir que je n'étais pas menacé, et qu'ils allaient s'occuper eux-mêmes d'annuler cette condamnation. Maintenant je suis heureux, je suis un nouvel homme. Tu te rends compte, c'est comme si je recommençais ma vie à zéro !

À cinq heures moins le quart, Mokrane et les serveurs se mirent à taper dans les mains et à crier :

— Allez, les frères, on ferme dans vingt minutes ! Que ceux qui ont encore des consommations à payer passent directement à la caisse ! Allez, allez, s'il vous plaît !

En nous dirigeant vers la sortie, nous

nous sommes arrêtés quelques secondes sous les ruines du lustre pour constater les dégâts.

— Tu te rends compte, me dit Nasser en secouant la tête d'un air plein de gravité, les éclats de verre auraient pu blesser quelqu'un.

— Ce qui est bien chez Mokrane, c'est qu'on est toujours en sécurité. Et ça, de nos jours, c'est inestimable, lui répondis-je.

République Algérienne Démocratique et Populaire

Ministère de l'hydraulique et des ressources en eau

Circulaire N° 328/ ME. 17

Les abonnés des localités de la chaîne côtière ouest, allant de Zéralda à Aïn Bénian, en passant par Staouéli et Mahelma, seront alimentés comme suit :

Draria, El Achour : les jeudi et les lundi de 13 h 30 à 15 h 30.

Souidania et Douéra : les mardi et vendredi de 17 heures à 19 heures.

Hammamet, Bologhine : les mercredi et les samedi de 6 heures à 8 heures.

Bouzaréah Béni-Messous (Sidi Youcef) : les jeudi et les lundi de 7 heures à 9 heures.

Baïnem et Aïn-Bénian : les dimanches et les jeudi : de 10 heures à 12 heures.

Ouled Fayet, Raïs Hamidou : les mercredi et les vendredi de 23 heures à 1 heure.

Chéraga, Fouka marine : les vendredi et les lundi de 0 heure à 2 heures.

23

Après m'être égaré par de sombres sentiers, éclairé par la flamme vacillante d'une bougie, guidé par le bruit de l'eau qui chantonne, je parviens enfin à une vieille fontaine-lavoir ressemblant comme une goutte d'eau à celle de mon village natal. Assises sur le bord du lavoir, trois formes humaines me regardent. Je leur dis bonjour, mais elles ne répondent pas. Je ne vois pas de visages à l'intérieur des capuches qui couvrent leurs têtes jusqu'aux sourcils. Seules leurs mains aux doigts décharnés, posées sur leurs genoux, indiquent qu'elles sont d'un âge avancé. Leur présence est effrayante, mais j'ai trop soif pour leur prêter attention. Je me penche vers le robinet en cuivre, tends mes lèvres, et actionne la manette d'ouverture… Pas une goutte ! Le bruit de l'eau qui s'écoule par un second robinet qui sert de trop-plein m'attire. Je contourne les trois formes, rassemble mes mains en récipient de fortune, mais l'eau traverse mes paumes soudain translucides. Les trois éclatent d'un rire aigu sans fin. Ce sont de vieilles femmes. Je prends soudain conscience que je suis dans ma vie parallèle. De petits yeux étonnés et menaçants s'allument à l'endroit des visages. L'angoisse m'envahit. Je fais des efforts pour crier, mais aucun son ne parvient à sortir de ma bouche ouverte comme la gueule d'un chat en colère. Je comprends qu'il faut que je sorte de ce cauchemar. Les trois spectres se lèvent et s'avancent vers moi. J'étouffe. Je vois ma femme allongée sur le dos, tout près de moi. On dirait la statue du commandeur. Elle tourne lentement la tête et me regarde. « Oh, ce n'est pas vrai, Nadia ! Tu es là, mon amour !... réveille-moi... Au secours ! » Je ponctue chaque mot en faisant mouvoir mes lèvres pour en dessiner les lettres de façon à ce qu'elle lise dessus mon appel de détresse. « Sau... ve... moi ! Ré... veil-le... moiiii ! Je suis là, tour-ne la tê-te, re-gar-de c'est moi... Se-coue-moi ! Voi-là, c'est bien, je suis tout pro-che, tu me vois, je suis en fa-ce de toi... » Une des vieilles femmes ressemble à Rose, qui prend soudain les traits de Malika. Malika très âgée tend sa main pour saisir mon sexe et le tâter avec une douceur et une dextérité étonnantes pour des doigts aussi gourds. J'essaie de dominer ma peur pour ne me concentrer que sur l'effet des caresses afin d'atteindre l'éjaculation, mais les os des doigts, soudain apparents, cliquettent en malaxant mes testicules. La sonnerie du réveil explose.

Je reprends brutalement conscience, mis à mal par le supplice de l'eau inaccessible, de la jouissance coupée dans son élan, d'une envie folle de Malika, et de l'image de ma femme morte et si imposante. Je regarde l'heure au réveil : neuf heures du soir. J'ai dormi très tard. J'ai écrit toute la nuit précédente.

Je me sers un café du thermos préparé le matin et vais le boire sur le balcon. Je repère un va-et-vient de femmes dans le salon et la cuisine de Rose. Je sais qu'elle va très mal depuis quelques jours, mais je ne m'inquiète pas. J'ai l'habitude de voir du mouvement chez elle. Cependant, je ne la vois ni dans le salon, ni dans la cuisine et les femmes ne sont pas aussi alertes que d'habitude. Elles semblent tristes et recroquevillées. Je me penche par-dessus le parapet pour voir si la *Golf* est là. Elle y est, mais pas à sa place habituelle. Une intuition me traverse. Quelque chose ne tourne pas rond. Je m'habille et descends chez Rose.

Les champignons l'avaient recouverte

entièrement. Depuis le moment où elles ont senti que son âme commençait à battre de l'aile, les voisines gaillardes qui s'occupaient d'elle l'ont veillée à tour de rôle jusqu'au soir, ne lésinant sur aucun moyen pour essayer de la faire rire et l'émouvoir. Mais le corps de Rose commençait à émettre des signes d'abandon. Les femmes comprirent qu'il n'y avait plus rien à faire. Que c'était fini.

Plus tard Malika m'a raconté qu'elle était rentrée du travail vers la tombée de la nuit. Elle avait remarqué des allées et venues devant l'entrée d'immeuble. Elle avait couru en passant à travers les jardins potagers pour arriver plus vite. Chez Rose, écartant les femmes qui engorgeaient le couloir, son cœur faillit s'arrêter quand elle avait foncé dans la chambre.

Elle avait soulevé Rose avec délicatesse et l'avait serrée contre sa poitrine.

— Ma pauvre chérie ! Ma beauté ! Ça va aller ! Ça va aller. Ta Malika est là maintenant. Elle va s'occuper de toi. Elle l'embrassait sur la tête, les joues, partout où ses lèvres pouvaient se poser.

Quelques-unes des femmes étaient rentrées chez elles, d'autres s'étaient assises sur le lit autour de Rose et Malika.

— Parle-moi, dis-moi quelque chose, ma petite Rose, ma grande Rose, susurrait Malika désemparée à l'oreille de l'agonisante, dis-moi quelque chose... Dis deux ou trois mots à ta petite fille.

Rose avait ouvert les paupières tout doucement, regardé Malika au fond des yeux et sourit. Ses lèvres tremblantes, lui adressèrent les derniers mots de sa vie :

— Je t'aime, ma petite Malika !

Quand je suis arrivé, Malika berçait le corps de Rose comme une petite fille avec une poupée en chiffon. Les femmes pleuraient. Malika avait le regard perdu au loin, un sourire triste niché au coin de ses lèvres. Son esprit accompagnait l'âme de son amie, sa sœur, sa maman Rose, jusqu'à l'entrée de l'autre monde, là où elle demeurerait désormais. Elle l'accompagnait en lui tenant la main comme on le fait avec un enfant qui rentre à l'école pour la première fois. Une fois revenue du voyage, Malika aura tout le temps pour se lamenter de l'absence de Rose.

Nous l'avons veillée toute la nuit. Ce fut l'une des rares nuits sans eau où il y eut du mouvement. Des hommes et des femmes venaient, récitaient des formules rituelles, des mots de réconfort à Malika, comme si elle faisait partie de la famille de Rose.

Vers une heure du matin, on a frappé

timidement à la porte. Malika a demandé qui c'était et Nasser a dit que c'était Aziz. Nasser n'a jamais su pour sa « fiancée » et le grand échalas génial qui a l'air de marcher sur ses lacets en rentrant dans la maison de la morte. Elle est venue vers lui pour les salutations, les bises et les condoléances. Il y eut une gêne furtive entre lui, Malika et moi. Je n'ai pu m'empêcher à la vue d'Aziz de penser au corps de Malika. J'ai été happé par une bouffée de désir. Un début d'érection incontrôlable m'a rappelé ma solitude sexuelle et donné une envie soudaine de disparaître à jamais de la surface de la terre.

Aziz ne voulait pas venir voir Rose. Il n'aime pas beaucoup ça. Il est reparti aussi vite qu'il était venu doucement. Malika est restée encore un petit moment à parler au cadavre de Madame, puis elle a fini par venir nous rejoindre dans le salon quand personne d'autre n'est venu. Elle a donné les clefs de son appartement à Nasser et lui a demandé d'aller chercher une bouteille de whisky pour l'aider à tenir le coup. Elle nous a demandé si ça se faisait dans des circonstances pareilles. On a répondu en chœur que non seulement on pouvait faire ce qu'on voulait dans n'importe quelle circonstance, mais que dans ce cas précis c'était une très bonne résolution car nous aussi on avait besoin de tenir le coup. Et nous avons rappelé à Malika, pour lever toute équivoque, que Rose n'était pas musulmane. Nasser, avant de sortir chercher le whisky, a précisé que pendant les enterrements des catholiques qu'il a vus au cinéma, on buvait du vin à la mémoire des morts. Nous avons dit à Nasser que Rose n'était pas catholique non plus, et nous non plus d'ailleurs. Nasser a claqué le plat de sa main sur son front en disant : « Ah oui, c'est vrai, je suis bête ! » et il est parti chercher la bouteille de whisky.

Nous avons bu en débattant toute la nuit du sujet délicat de l'enterrement. Enterrer Rose c'est comme tenter de résoudre la quadrature du cercle ou démontrer le théorème de Fermat en 1992. Où l'enterrer ? Sa personnalité particulière, son état civil, l'embrouillamini de sa situation auxquels des neurones bouleversés et imbibés essayaient de trouver une solution réaliste, relevaient du pur théâtre de l'absurde.

Malika suggéra d'aller dès le lendemain engager un imam de la ville voisine pour procéder au rite funéraire musulman et l'enterrer au cimetière communal.

— C'est pas à toi d'y aller ! s'interposa Nasser.

— C'est à qui alors, d'y aller ? s'étonna Malika.

— J'irai moi !

— Toi ?

— Oui, moi !

— Pourquoi c'est toi... et pas moi ?

— Parce que tu es une femme, crie soudain Nasser, pris d'une colère inattendue. Je ne veux pas que tu aies des problèmes avec les imams ! Tu sais comme ils sont ! Tu seras mal reçue. Ils vont t'étriper, te jeter des sorts ou je ne sais quelles malédictions !

Je les coupe en pointant mon doigt comme si j'allais énoncer une vérité absolue.

— Vous oubliez une chose, les amis. Vous oubliez une chose très importante... et cette chose...

— Quelle chose ? disent-ils, en me regardant comme s'ils devinaient que j'ai juste fait semblant d'avoir quelque chose à dire pour les détourner d'une dispute inutile et malvenue en cette circonstance.

— La chose est... La chose est qu'ils n'accepteront jamais qu'elle soit enterrée dans un cimetière musulman ! La première démarche à faire c'est de prévenir l'ambassade de France. Ils s'occuperont de tout. Ça fait partie de leur mission.

— Mais Rose est algérienne ! crie Malika.

— Oui, mais elle n'est pas musulmane. Et avant qu'elle soit algérienne elle était française !

— Vous oubliez qu'elle est juive aussi, dis-je, à moins que ce ne soit Nasser qui l'ait dit, je ne sais plus. De toute façon à partir de là, on ne sait plus qui parle sauf quand c'est Malika parce que sa voix la trahit.

— Juive d'origine, mais elle est A.T. Elle arrêtait pas de me le dire : je suis A.T. ! Ça veut dire qu'elle ne croyait pas en Dieu, dit Malika.

— Oui, je sais, Athée ! Pour toi « athée » c'est juste deux lettres, mais c'est plus compliqué que ça. C'est lié à l'histoire de la chrétienté. Les musulmans ne reconnaissent pas l'athéisme. Déjà la *laïcité*, ça les hérisse, alors l'athéisme, je ne vous en parle même pas !

— Même pas quoi ? répond Malika, perdue.

— Pour les extrémistes, ne pas croire en Dieu est la catastrophe absolue ! Être juif, malgré la haine qu'ils ont contre ça, demeure malgré tout une religion et ils gardent au fond d'eux-mêmes une forme de respect, de peur aussi, car le Prophète (QSSSL) a tout de même reconnu les autres religions en tant que telles, même si l'histoire et les guerres et les haines ont détourné les premiers messages, ont fait que… Bref, sur le plan religieux, ils jouent sur le même terrain mais pas dans la même équipe. Et quand une équipe perd, il reste malgré tout un fond de respect et de compassion, en tout cas de reconnaissance, de l'adversaire.

— Et Athée, ça représente quoi pour eux ?

— Une insulte, une apostasie, une abjuration, un cataclysme, une injure, la remise en question de tout ce qui fait leur existence. Ils n'imaginent même pas que « les enfants » de Dieu puissent imaginer que leur créateur n'existe pas.

— Pour les ultras, Rose est née juive, elle sera toujours considérée comme telle.

— Et si on mettait la communauté juive au courant et qu'on leur demandait de s'en occuper ? Après tout c'est une des leurs ! Ils n'ont qu'à prendre leurs responsabilités !

— Ils vont faire quoi ? dit bêtement Nasser dans un mauvais virage alcoolique.

— L'enterrer ! Quand quelqu'un meurt, on l'enterre. On ne parle que de ça depuis tout à l'heure. Qu'ils l'enterrent normalement dans leur cimetière. Elle est morte, non ?

Malika éclate en sanglots.

— Ne dites pas ce mot ! Je n'arrive pas à m'y faire. J'oublie à chaque fois qu'elle n'est plus de ce monde. Rose était tellement vivante.

Nasser aide Malika à essuyer ses larmes.

— De toute façon ce n'est pas la peine

de parler de ça, elle ne voulait pas d'enterrement religieux ! ajoute-t-elle, en se mouchant.

— Mais maintenant, qu'est-ce que ça change pour elle ?

— J'ai une idée ! Tiens mon chéri, dit-elle à Nasser, en lui tendant de nouveau la clef de chez elle, il reste un fond de pastis, va le chercher mon amour...

Nasser est revenu très vite et nous a servi trois grands verres. Nous sommes allés dans la chambre où reposait Rose pour porter un toast à tout ce qu'elle a été, à tout ce qu'elle a représenté pour nous. Malika voulait lui parler encore, mais de grosses quantités de larmes rendaient son discours incompréhensible. Elle a juste réussi à dire « Putain, tu pouvais pas être normale comme tout le monde, ma chérie ! », puis à regretter le mot « putain », se mettre à genoux et demander pardon au cadavre en lui embrassant les mains.

Nasser l'a serrée dans ses bras et attirée vers le salon.

— Ton idée, alors ? lui dis-je, pour vérifier si elle avait de la suite dans les idées ou si c'était seulement de l'alcool.

— Mon idée c'est qu'on trouve un rabbin à Alger ou quelqu'un qui sache dire une prière juive, on le ramène ici et on l'enterre nous-mêmes.

— Comment ça, on l'enterre nous-mêmes ? Tu es dingue ? lui dit Nasser qui n'en revient pas qu'elle pense à des trucs pareils.

— On a pas le droit, et on va se faire lyncher ! Tu te rends compte ? Des musulmans qui enterrent une athée dans un cimetière juif !

— J'ai dit en cachette, précise Malika avec assurance et en contrôlant le débit de ses mots. Il arrive parfois que les êtres humains soient obligés de faire des choses qui ne se font pas. Et même quand c'est grave, eh ben c'est pas grave !

Elle éclate en sanglots et rejoint Rose dans la chambre en titubant, lui parlant comme si elle était toujours vivante :

— Voilà que tu es devenue un problème, maintenant, ma chérie ! Alors qu'avant tu étais la reine pour trouver des solutions pour tout. Si tu étais là, mon bébé, c'est toi qui nous aurais dit ce qu'on ferait pour tes obsèques !

Nasser titube à son tour vers la chambre et ramène la jeune femme au salon.

— Alors, finis ton idée et dis-nous comment tu vois ça ?

— Ça fait longtemps que Rose n'a plus personne. Nous sommes sa seule famille. Si on la déclare normalement, ils vont la mettre à la morgue avec un numéro et elle va y rester. Les Français vont dire qu'elle n'est pas française, les Algériens qu'elle n'est pas musulmane, les Juifs qu'elle les a reniés. Elle va rester là dans un congélateur, et quand ils auront besoin de la place, ils la jetteront dans le premier trou.

— Mais dites-moi, on a oublié une chose très importante ! dis-je l'index pointé vers le ciel. Son mari… Il est enterré où ?

— El-Alia.

— Eh ben voilà ! Le problème est réglé ! Ils vont l'enterrer à côté de son mari. Ça se fait, non ? Son mari était un héros, il a été enterré officiellement avec des ministres et tout, à El-Alia. Il y a même sa photo-là avec comment il s'appelle ? Comment il s'appelait déjà, ce ministre, là, euh… Moussa !

— C'est ça… ah oui, Moussa ! s'exclame Nasser en dévisageant l'un après l'autre, les membres du gouvernement de l'époque présents sur la photo prise lors des obsèques de José Lopez.

— Sa femme, qui a soutenu son combat, doit avoir aussi ce privilège. C'est un minimum.

— On va faire les démarches pour qu'elle ait des obsèques nationales. Il faut déclarer son décès au ministère des Affaires religieuses.

— Ah, non, au ministère de l'Intérieur !

— Non, non, non, je regrette, c'est au

ministère des Anciens Combattants qu'il faut s'adresser. C'est eux qui donnent les concessions à El-Alia.

— J'avais des amis bien placés dans ce ministère, mais je suis en disgrâce partout, sinon j'aurais pu, enfin… dis-je, dépité.

— De toute façon, dit Malika, vous êtes tous les deux menacés de mort. Ce n'est pas la peine de vous montrer. Je vais m'occuper des démarches moi-même.

— Et nous, qu'est-ce qu'on fait pendant ce temps-là ?

— Eh ben… vous accueillerez les visiteurs… pour les condoléances. Il faut bien qu'ils trouvent quelqu'un. En attendant, allez dormir un peu… Moi, je reste…

Elle n'avait pas même fini sa phrase qu'elle ronflait déjà.

Le ministère des Anciens Combattants a pris en charge l'enterrement de Rose pour *« services rendus à la patrie »*, et l'a inhumée à côté de son mari au cimetière d'El-Alia. On était content et fier pour elle.

Le jour de la cérémonie, une partie des habitants de la cité a accompagné le cortège. Malika, n'ayant pas confiance en ma *Zastava* et se sentant trop faible pour conduire, m'a demandé de prendre le volant de sa *Golf*. Les voitures ont quitté lentement le parking, dans une circulation parfaitement orchestrée par le gardien barbu faisant des signes de la tête d'avant en arrière pour nous signifier que finalement on est tous bien peu de chose. Alors que j'allais passer en seconde pour suivre le rythme des voitures qui nous précédaient, Nasser a posé sa main sur ma cuisse :

— Arrête-toi !

— Qu'est-ce qu'il y a ?

— Regarde, Aziz court vers nous !

Je freine. Les voitures derrière moi font de même. Aziz arrive essoufflé. Il transporte une vieille valise en carton qui paraît lourde.

— Je peux monter avec vous ? halète-t-il.

— C'est quoi ça ? lui dis-je, montrant du montant la valise

— C'est une surprise.

J'ouvre le coffre, Aziz y met la valise, le referme et monte vite derrière.

À la fin de la cérémonie, sous le regard ahuri des quelques personnalités politiques et notabilités religieuses réunies autour de la tombe, Aziz a ouvert sa valise et en a extirpé un phonographe et des disques. Il a posé sur le plateau une énorme galette en bakélite et tourné une manivelle. Après quelques crachotements, la voix rauque de *Reinette l'oranaise* a rempli l'air pour se mêler aux vents de la côte :

« Je t'aime ! Je t'aime !
Je t'aime et mourrai pour toi
Tout ce que tu demandes, tu l'auras !
Car ma vie est entre tes mains ! »

Tout le monde en est resté bouche bée.

— C'est un phonographe qui marche à l'énergie solaire, nous dit Aziz. Il ne s'arrêtera jamais de chanter.

Mais les autorités, très en colère, ont donné l'ordre au services de sécurité d'arrêter immédiatement cette machine et de chasser ce fou de ce lieu sacré, ce qui fut fait.

Qu'importe. Nous sommes repartis fiers d'avoir mené Rose jusqu'à un bel enterrement. Son enterrement.

24

J'ai passé trois jours sans sortir de chez moi. Toutes ces nuits à veiller à *La Méduse bleue*, à courir derrière Nasser pour lui extirper les facettes de son histoire, la mort de Rose et le délire au whisky la nuit suivante, la virée au cimetière, tout cela a fini de m'achever.

Trois jours en robe de chambre et trois nuits en pyjama à dormir sur le lit, le canapé, le fauteuil de mon bureau, à m'assoupir sur la cuvette des toilettes en lisant un paragraphe d'un je ne sais quel Soljenitsyne dont j'avais interrompu la lecture à la page trois depuis le départ de Nadia, et à regarder sans les voir des films sans queue ni tête.

Évidemment, je me réveillais pour stocker l'eau dont j'avais besoin, mais ma principale activité pendant ce séjour comateux à domicile restait le haro sur les médicaments : pour les maux de tête, la constipation, le feu dans les intestins, les douleurs aux épaules ou les hémorroïdes lesquelles, comme la circoncision ou le passeport vert, sont un élément de l'identité nationale. J'ai avalé sans lire les notices tout ce qui pouvait soulager n'importe quoi. Plusieurs fois, dans mes différents sommeils, j'ai entendu la sonnerie de la porte, paraissant provenir de derrière le globe terrestre mais j'étais incapable de me lever pour aller aussi loin. De toute façon, je finissais toujours par me convaincre qu'un gamin s'amusait, qu'un colporteur voulait me vendre un colifichet taïwanais, ou qu'une vieille mendiante faisait du porte-à-porte.

Je mangeais tout ce qui traînait dans la cuisine : tomates et oignons à moitié moisis, vieux pain plusieurs fois repassé au four, reste miraculeux de tagine et, surtout, des œufs en quantité industrielle.

Au troisième jour de mon enfermement, je me suis senti beaucoup mieux. J'ai ouvert une *Nouas* et j'ai disposé tout près de moi sur le canapé la pile de journaux du matin que je n'avais pas encore consultés. J'ai coutume de laisser refroidir les nouvelles. Pour désamorcer les émotions, je décale ma découverte des catastrophes en choisissant d'en apprendre le moins possible sur le moment.

J'avais acheté les principaux quotidiens

chez Hocine, l'ex-libraire de la localité voisine, transformé en kiosque à journaux. Ouvrant très tôt le matin, il est le premier à recevoir la presse et, ce qui ne gâte rien, est voisin d'une boulangerie. Depuis le début du déclenchement de la violence barbare, les clients font la queue devant son kiosque avant même qu'il ouvre. Ils sont des dizaines à attendre pour voir si la presse confirme la véracité d'un attentat médiatisé par le bouche-à-oreille ou tout simplement savoir si l'on a rendu compte de la forte explosion entendue la veille au soir.

Vers sept heures et demie, il ne reste plus que les revues thématiques : Sport, tricots, broderie, cuisine ou des torchons qui recopient mot à mot des revues parisiennes spécialisées en horoscopes. Ces derniers prédisent à des gémeaux algériens un gain important à la loterie française et à des vierges enfermées qu'elles convoleront en justes noces avec l'homme de leur vie. Les gens y croient dur comme fer. Sinon, comment continuer à vivre ? Même les moments terribles d'une guerre sans nom menée contre tout le monde et dans laquelle je fais partie du peloton de tête des menacés ne peuvent m'empêcher de lire ces rubriques et d'en rire.

Je remplis mon verre de *Pelure d'oignon* bien frais, j'allume une *Chélia* et j'attaque la

Une du journal. Une photo en couleurs montre le wagon d'un train qui a déraillé dans la banlieue d'Alger. La légende indique : « *L'explosion d'une bombe sur la voie ferrée à quelques kilomètres de la gare d'El-Harrach a fait dérailler le train Oran-Alger. On déplore 8 morts et une dizaine de blessés.* » Et deux colonnes plus bas, un titre me saute aux yeux comme une bombe : « *La SNCFA a décidé d'augmenter ses tarifs.* »

Je tourne la page pour parcourir la colonne qui comptabilise les meurtres des petites gens sans importance qui ne méritent pas la Une, et soudain mon cœur manque de se fendre : Au milieu d'un article relatant un horrible assassinat, le nom de Nasser me saute aux yeux : « *Un citoyen… assassiné… après… égorgé… corps retrouvé été criblé de balles…… forêt de B… Le dénommé Nasser Djouddi… acheminé à la morgue de M…La gendarmerie…* ».

Je suis comme fou. « Le dénommé Nasser Djoudi ! » C'est pas vrai ! Ils t'ont eu, mon Nasser ?! Qu'est-ce que tu es allé foutre dans cette forêt ! Ils sont venus te chercher ! C'est ça, ils t'ont foutu dans le coffre d'une voiture et ils t'ont emmené là-bas dans les fourrés pour t'égorger comme un lapin ! Oui, comme un lapin, putain, je pèse mes mots, c'est toi-même qui le disais : « Comme un lapin, putain ! » Je hausse la voix comme si je parlais à quelqu'un, comme quand on s'engueule avec sa femme qui pleure assise sur le bord du lit dans la chambre et qu'on lui dit ses quatre vérités tout en ramassant ses affaires pour partir définitivement peut-être : « Je t'avais prévenu de pas sortir, de pas t'exposer en plein jour ! Seulement Monsieur Nasser Djoudi est une tête de mule. Et voilà, maintenant il est dans le journal. Dans un petit encart ! Même pas à la Une ! *Un citoyen retrouvé assassiné...* Tu n'es personne, juste un citoyen ! Trois lignes ! Enculés de journalistes, salauds d'assassins, pays de merde ! Y a même pas ta photo ! Je ne te connaissais pas avant, j'avais l'habitude de te croiser mais je ne te connaissais pas, on n'est pas du même milieu. » Je m'habille frénétiquement avec tout ce que je trouve à ma portée, un pantalon froissé sur une chaise, une chemise jetée sur le bord du matelas. « Je ne te connaissais pas ! Tu es entré dans ma vie par effraction. Une lettre de menaces ! Mais qu'est-ce que j'en ai à foutre, moi, de ta lettre de menaces ? J'en ai des dizaines, des centaines qui traînent partout. Et voilà, je me fais du mouron pour un technicien du gaz maintenant ! Écrire un livre sur toi ! Mais qui es-tu pour mériter la postérité ? Et quelle postérité peut te donner un écrivain raté, un alcoolique qui ne sait même plus aligner un mot derrière un autre, un lâche qui a vendu son âme au diable ! Ah, putain, qu'est-ce que tu es allé faire dehors tout seul ? Je t'avais dit de ne pas sortir sans moi. Je les connais, moi, tous ces assassins à la petite semaine, tous ces meurtriers du dimanche. C'est pour ça que je me terre comme une taupe dans mon appartement. »

À cloche-pied j'enfile une chaussette trouvée par terre pendant que mes yeux cherchent l'autre. Je bois aussi sec mon verre de *Pelure d'oignon* et me dirige vers la porte. « À quelle morgue ils ont dit déjà qu'ils t'ont mis ? » Je reviens vers le journal. « Ah oui, c'est ça. Ta maman, la pauvre, qu'est-ce qu'elle va devenir ? » Je déchire toute la page, la plie en huit et la glisse dans la poche arrière de mon pantalon. J'engage la clé dans la serrure et tourne une fois. Tous les mécanismes se déclenchent. Un vrai coffre-fort. Putain, j'habite dans un coffre-fort depuis des mois et je ne m'en suis même pas rendu compte ! Craac, craac ! les montants en acier rentrent dans leurs trous, par groupe de quatre, comme des fusées. Le serrurier me l'avait bien expliqué : « On tourne une fois et les barres en acier comme des orgues de barbarie sont propulsées à l'intérieur des réceptacles. Personne ne peut ouvrir. C'est du dernier cri. Les portes blindées habituelles,

les anciennes marques, sont caduques. C'est terminé ! Kaput ! Faut changer tout ça. Ça coûte cher, mais ça vaut le coup. Les anciennes portes blindées vous savez monsieur Zakaria, eh ben, les types, ils mettent un cric de mécanicien, vous savez le gros truc à pression pneumatique... et hop ! la porte elle sort de ses gonds comme on ouvre le papier d'un bonbon. Incroyable, non ? Et encore si c'est pour cambrioler ça va encore ! Mais si c'est pour massacrer, hein ? Quand même ! Vous avez bien fait de la changer votre serrure. Il s'agit de votre vie, hein, monsieur Zakaria, quand même ! Et la vie, ça n'a pas de prix, comme on dit, hein, monsieur Zakaria ? Le jour où vous voudrez installer des barreaux aux fenêtres et aux balcons, vous passez au magasin ! »

« Putain, Nasser ! Comme un lapin... tu ne pourras même pas me raconter comment ça s'est passé. Je vais être obligé de l'inventer. Il y a quand même des détails que je ne peux pas inventer ! Comment tu as fait quand tu as vu venir le couteau ? »

Le couteau me fait penser à mon fusil. Craac, craac ! Je tourne la clef dans l'autre sens. Je m'empare du fusil et le fourre dans son sac. On ne sait jamais, la journée peut être longue, des tas de choses peuvent arriver, mieux vaut prévenir que guérir. « Qu'est-ce que tu racontes ? Une fois que tu es mort, qu'est-ce tu veux guérir ? Qu'est-ce que putain tu vas guérir ? Ta mort prochaine. Tu vas guérir la mort de Nasser ? La mort de tous ceux qui sont morts pour rien ? Sans même savoir qui est qui et le pourquoi du comment ? »

En nage de douleur et de peur, je monte au cinquième étage. Avant de sonner, je fais les gestes habituels de celui qui secoue ses vêtements, arrange sa cravate, passe ses doigts dans ses cheveux, enfin j'appuie sur la sonnette de l'appartement de Nasser. Aziz lui avait installé une nouvelle sonnerie en remplaçant les sifflements de serpents par le chant d'un toucan. Jamais chant d'oiseau ne m'a semblé aussi ridicule. Je sonne plusieurs fois, nerveusement. Je sais que ça ne se fait pas d'insister comme ça, mais je ne peux contrôler mes nerfs. Je suis allongé dans une morgue. Par moins cinquante. C'est moi qu'ils ont tué. Je ne suis pas vivant. Un mort ça ne sait pas, ça ne sait plus se contrôler. Je hurle « Putain, tu vas ouvrir oui ou merde ! ». Ça me calme. Alors je me demande pour la première fois si la mère de Nasser est au courant. Elle est analphabète, elle n'a pas pu lire le journal, mais on est peut-être venu lui annoncer la nouvelle, la famille, les amis, à moins que personne n'ait été prévenu. Il y a tellement de gens qui meurent.

— Qui c'est ? dit la voix faible et inquiète de la mère de Nasser.

J'essaie de garder mon calme. Je souris même.

— Bonjour, madame Djoudi ! C'est moi ! Zakaria. Votre voisin d'en bas. N'ayez pas peur. Vous reconnaissez ma voix, hein ? Je suis un ami de votre fils.

Elle ouvre. La pauvre petite dame a l'air apeuré.

— Mon fils n'est pas là ! Ça fait deux jours qu'il n'est pas rentré.

J'ai envie de mourir.

— Il ne m'a donné aucun signe de vie. Ce n'est pas dans ses habitudes. Vous ne savez pas où il est ? Quand j'ai vu qu'il n'était pas dans son lit, je suis venue sonner plusieurs fois chez vous depuis hier matin. Comme vous n'étiez pas là non plus je pensais que vous étiez ensemble. Il m'a dit que vous écrivez un livre sur lui. Je pensais qu'il s'était assoupi chez vous et qu'il avait peut-être passé la nuit là.

— Oui, je veux dire… non… Il n'était pas avec moi, mais, ne vous inquiétez pas, madame Djoudi. Je vais le chercher. Je vous donnerai vite des nouvelles. C'est promis… au revoir, à tout à l'heure !

Mais qu'est-ce que je raconte ? Quelle nouvelle vais-je lui donner ? Et pourquoi je lui ai dit « À tout à l'heure » ? La pauvre ! « *Il n'a donné aucun signe de vie.* » Il est mort. Je suis mort, madame Djoudi. On m'a égorgé dans la forêt de B… Les morts ne donnent pas de signe de vie. Je descends les escaliers en tremblant de tous mes membres. Je tape avec mon poing et sonne en même temps chez Malika. Personne. Pas là. Tu es peut-être dans une morgue toi aussi ? On vous a attrapés ensemble et on vous a zigouillés tous les deux, seulement toi, t'es une pute. Une pute, on ne parle pas d'elle dans le journal. Une pute, c'est personne, c'est même pas une citoyenne. Je vais où maintenant ? Ah ! Oui ! A la morgue de Chéraga.

J'ai pris la sacoche et je suis parti à l'hôpital de Chéraga.

— Regardez, c'est écrit là, dis-je au responsable de la morgue. Je sors le journal et le déplie. Regardez là : Nasser Djoudi… Morgue de M…

— Écoutez, monsieur, je comprends votre douleur, mais nous avons reçu des ordres…

— Quels ordres ? Il s'agit de la mort d'une personne… d'un parent. J'ai le droit de…

— Vous n'avez droit à rien, monsieur ! Nous sommes sous le régime de l'État de

Siège. Des dizaines de cadavres dans des cercueils plombés arrivent ici tous les jours. Dans le cadre des enquêtes liées à ces assassinats, le ministère de la Défense nous interdit par circulaires de montrer ces corps, souvent mutilés à un tel point que nul ne peut en supporter la vue.

— Quel que soit l'état dans lequel il est, il faut que je le voie. Que je le décrive, pour voir quelle a été sa souffrance, décrire tous les stades par lesquels il est passé, témoigner…

— Mais qui êtes-vous, monsieur ? Vous êtes un parent ou un journaliste ?

— Je suis un parent, un ami, un journaliste. Tous les deux nous sommes comme les doigts de la main. On ne se quitte pas. On est lié par un secret dont je ne peux pas vous parler pour le moment, mais dont vous entendrez parler très bientôt.

— En tant que parent, je vous répète que la circulaire du ministère de la Défense nous interdit, sous peine de condamnation, de vous laisser pénétrer dans ces lieux. Et en tant que journaliste, je vous demande de me montrer l'autorisation exceptionnelle accordée dans ce cas.

La pensée me traverse d'ouvrir la fermeture Éclair de ma sacoche et d'abattre comme un chien errant ce bureaucrate qui parle de

Nasser et de tous les morts et vivants de ce pays sous l'angle de circulaires. Le pays ne fonctionne qu'avec des circulaires, c'est pour cela qu'il tourne en rond. Moi aussi, j'en ai fait, des circulaires, je ne vous en veux pas, au fond, monsieur le Chef de la Morgue dont la morgue me tue une deuxième fois, mais j'ai envie de vous éclater la gueule. Parce qu'il ne s'agit pas d'administration. Il s'agit de la mort d'un homme, mon seul ami.

J'ai finalement renoncé à le tuer et, la mort dans l'âme, je suis revenu à ma voiture.

À mon arrivée dans la cité, la *Golf* de Malika était là. J'étais content d'avoir quelqu'un avec qui partager ce drame terrible. Si elle avait été avec moi, je suis sûr que le gros con morgueux aux circulaires nous aurait laissés passer. Elle a beaucoup plus de ressources que moi, Malika. Je sonne chez elle. Personne. Je colle mon oreille à sa porte. Pas un bruit. Peut-être dort-elle ? Elle a dû passer la nuit avec un client, à travailler, la pauvre. Oui, elle est certainement en train de dormir profondément. Je ne me souviens même pas si sa voiture était garée quand je suis parti à l'hôpital. Je sonne de nouveau. Rien. Où peut-elle être ? Chez Rose, peut-être ? Comme elle a conservé les clés de l'appartement, elle doit trier les affaires de Madame en attendant que les autorités décident de ce qu'il faut en faire, que sais-je. Je fais un saut là-bas. Elle n'y était pas non plus.

Chez Aziz, alors. Il doit s'occuper des dernières retouches de son alambic. Avec elle. Je sonne et j'attends. Personne ne vient. L'interphone ne crachote pas. Je sonne à nouveau en gardant mon doigt appuyé sur le bouton tout en collant mon oreille contre la porte et me rends compte qu'elle est entrouverte. Elle touche le cadre mais la fermeture n'est pas enclenchée. Ce n'est pas normal. Mon cœur s'emballe de nouveau.

Aucune porte ne doit rester ouverte dans ce pays.

25

Je pousse la porte d'Aziz et j'entends tout de suite un fond musical provenant de son atelier. Je descends les premières marches. La musique me devient familière : « *Je t'aime, je t'aime ! Je t'aime et mourrais pour toi !* » J'avance avec le moins de bruit possible jusqu'au bout du couloir. À travers la porte entrouverte du « fondouk », des lumières multicolores clignotent sur le rythme de la chanson, dont le volume augmente au fur et à mesure que j'avance. Ah ! les salauds, ils ont remis ça. Pendant que Nasser, le fiancé, l'ami, le frère Nasser gît dans un frigidaire, ils forniquent comme des chiens. Je commence à trembler de désir. Je bande. Je les hais, je me hais. Mais je veux les voir quand même une dernière fois tout nus, et puis après peut-être que je vais les tuer puisque j'ai ma mallette sur moi. C'est drôle, il manque les cris ! Et les gémissement, où sont-ils ? Ils viennent juste de finir de faire l'amour, pour la énième fois peut être, et ils se reposent, repus de plaisir.

Les lumières multicolores clignotent à travers le portail à moitié ouvert de l'atelier. Je rase le mur et penche la tête pour voir où ils sont. Une des cuves de l'alambic me cache la vue. Je me penche encore plus et vois la tête d'Aziz posée sur une bonbonne. Aspiré par un puits sans fond, je pousse le portail. À l'autre bout de la pièce, la tête de Malika semble regarder celle d'Aziz. Leurs membres, leurs troncs, découpés soigneusement, sont disposés sur les différents éléments de l'alambic.

Je manque de m'évanouir, vomis mes tripes puis me retourne pour fuir. Alors je le vois, l'homme. Assis par terre, dos au mur, prostré, les bras enserrant sa tête posée sur ses genoux. Aveuglé par les clignotements de la guirlande d'ampoules de toutes les couleurs qu'Aziz avait installée dans la cave pour préparer l'inauguration du « Fondouk », je n'aurais pas reconnu Nasser s'il n'avait pas levé la tête pour me regarder.

— Nasser ! C'est pas vrai !

C'est fini. J'étais passé de l'autre côté. Mon cauchemar a commencé depuis l'instant où j'ai vu le nom de Nasser dans le journal. J'étais presque soulagé. La morgue, le gros con à la circulaire… tout à fait le décor de mes cauchemars habituels. Jusqu'ici.

26

— Tu as vu ce qu'ils ont fait d'elle ! me dit le personnage de mon cauchemar qui ressemble à Nasser.

— Quoi ? dis-je. Qu'est-ce que tu dis ?

— Tu as vu ce qu'ils ont fait d'eux ?

— Ce n'est pas grave, Nasser. Ne t'inquiète pas ! Ça va aller. Je suis en train de rêver. Il ne s'est rien passé. Je vais me réveiller et tout rentrera dans l'ordre.

— Ils sont morts ! hurle Nasser avec le peu de voix qui lui reste. Ils sont morts, putain, tu délires ou quoi ! Arrête tes conneries ! Regarde l'état dans lequel ils les ont mis. Comment peut-on faire ça ? Comment peut-on… Il pleure sans qu'aucune larme sorte.

Peu à peu, des bouts de conscience me reviennent. Je ne suis pas dans un de mes cauchemars, mais dans une réalité qui lui ressemble comme deux gouttes d'eau.

— C'est toi qui les as tués, hein, Nasser ? dis-je en reculant devant ce qui me semblait être soudain un monstre. Tu étais jaloux d'Aziz... tu les as surpris en train de faire l'amour, et... Ou alors, tu te doutais qu'il y avait quelque chose entre eux, tu les guettais depuis trois jours, tu as fini par les surprendre et... Tchac ! Tchac ! Tchac ! Salopard !

J'éteins le phonographe à énergie solaire d'Aziz, ouvre la fermeture Éclair de ma sacoche et dirige le canon vers lui.

— C'est pas moi ! crie Nasser. Je les ai trouvés comme ça ! Ça fait deux jours et deux nuits que je suis là. Ma petite Malika ! Regarde dans quel état elle est maintenant !

L'état de déliquescence physique et mental dans lequel il se trouve me fait croire qu'il ne ment pas. Et puis le crime passionnel est assumé moralement dans nos contrées. On en tire une forme de gloire, de fierté qui vous érige en héros antique. La misérable loque humaine prostrée devant moi ne ressemble en rien à ce genre d'individu.

— Qui les a tués ?

— Je ne sais pas... Je...

— Viens avec moi ! Ne restons pas ici. Il faut prévenir la police. Et surtout tu ne dis pas que tu étais là depuis deux jours. On les a découverts ensemble, d'accord ?

— ...

— D'accord ? Eh, tu m'écoutes !

— Oui !

Je ferme la fermeture Éclair, lui prends la main et l'aide à se soulever.

— Arrange-toi, et tiens-toi droit quand on va traverser la cour. Il faut qu'on ait l'air bouleversé mais digne. On monte chez moi, tu te douches, tu manges quelque chose rapidement, je te donne des vêtements propres et on va au commissariat. D'accord ?

— Oui, d'accord.

— Et tu ne dis pas de conneries. Tu me laisses faire.

Je l'ai aidé à marcher jusqu'à la porte de la cave.

— Et moi qui croyais que tu étais mort !

— Comment ça ?

— Tu n'as pas lu le journal ?

— Non...

— Je te montrerai.

Une fois douché et habillé, il avait l'air plus présentable. Dans le désarroi où j'étais moi-même je lui ai préparé une omelette dans laquelle il y avait autant de coquilles que de blanc, de jaune et de noir, car je l'ai laissée brûler jusqu'au second degré tant j'avais la tête ailleurs. Nasser a tout mangé.

Quand il a fini, je lui ai mis le journal devant les yeux, en pointant mon doigt sur son nom :

— Regarde ! Nasser Djouddi ! Assassiné… Égorgé…

— Mon nom s'écrit avec un seul D. C'est quelqu'un d'autre… Tu n'as pas tout lu.

— Attends, ça suffisait, il me semble ! Je vois le nom de mon pote tué, décapité, tu veux pas que je fasse aussi les mots croisés et que je vérifie la météo pour savoir si je dois prendre un parapluie pour aller jusqu'à la morgue !

— En bas, ils disent « Nasser Djouddi, Officier des douanes ». Je suis pas officier des douanes, moi !

— Ce doit être des mecs de la mafia. Ils t'ont confondu avec lui. C'est pour ça que tu as reçu la lettre. Mais alors…

— Alors quoi ?

— Les quatre types qui étaient là une nuit… c'était vers chez toi qu'ils regardaient…

— Oh, putain ! Quand ça ? dit Nasser.

— Ça remonte à… C'est rien ! C'est fini tout ça, allez on s'en va !

27

Après les essais techniques concluants, la jambe droite d'Aziz procède enfin à la cérémonie d'inauguration du « Fondouk ». Sont présents au baptême-circoncision : Son Excellence l'ambassadeur de France, Hakim le handicapé moteur à combustion, le bras gauche de Malika, le cadavre de Nasser-qui-n'est-pas-mort-mais-qui-est-néanmoins-allongé-dans-un-cercueil, Rose, Marcello Mastroianni ainsi que quelques personnalités du petit peuple de la cité.

Il est trois heures quinze du matin, nous sommes un mardi, nuit de retour de l'eau. Avant de rentrer dans la cave, la jambe droite d'Aziz nous passe tous au sondeur d'âme, une espèce de bidule qu'elle a inventé. On le pose sur la tempe, une petite lumière verte clignote dans un bruit de grillon : c'est bon, on a une âme, on peut rentrer.

Nous sommes tous là en ronds de flan, impatients de voir la machine. La tête d'Aziz a les cheveux ébouriffés et ressemble à Woody Allen dans *Woody et les robots*. Son regard est timide, mais pétillant de malice. Son bras droit soulève un plateau en fer-blanc rempli de verres à thé décorés de motifs grossiers qu'on retrouve dans les zelliges de hammams populaires, ouvre un robinet et un filet de liquide jaunâtre en jaillit. Sa jambe gauche remplit les verres et nous sert solennellement en faisant le tour de l'assemblée, puis comme un mousquetaire elle lève le sien pour porter un toast :

— À l'alambic !

— À l'alambic !

Nous buvons l'étrange liquide, sorte d'ambroisie très alcoolisé avec un arrière-goût de menthe sauvage. Pas désagréable, mais bizarre.

— J'ai appelé cette machine *Rêves berbères*, nous dit la bouche de la tête d'Aziz. *Rêves berbères* fabrique des boissons alcoolisées ! À partir d'aujourd'hui cette taverne va aider à desserrer l'étau du stress qui emprisonne nos concitoyens ! Mais, au-delà de simple fabricant d'alcool, cet outil va révolutionner les mentalités. J'ai fait un assemblage judicieux de dattes, de coings, de raisins, de graines de grenades, d'arbouses et de poires. J'ai mélangé tout ça avec du Hentit, du Zbentit et du Tmenyik à volonté. Je n'ai évidemment pas omis de saupoudrer de gingembre et de cumin. Ces ingrédients représentent la quintessence des parfums des civilisations qui ont foulé cette terre. Je l'ai laissé fermenter pendant sept mois, chiffre cabalistique. Pendant ce temps-là, j'ai enregistré à voix haute un résumé de l'histoire de notre aire géographique appelée selon les différents colonisateurs : Africa, Numidia, Berbérie, Maghreb ou Afrique du Nord. Personnellement, je préfère, même s'il est péjoratif le terme Berbérie, parce qu'il est le socle qui englobe la géographie physique et l'unicité linguistique sur lesquelles se sont posées et fondues les différentes cultures venues d'ailleurs. J'ai ensuite enregistré par l'intermédiaire d'amis comédiens les œuvres des penseurs importants qui se sont succédé sur cette terre afin de capturer l'âme qui s'y trouve. À partir de ce matériau, j'ai créé un logiciel informatique que j'ai intitulé « SS-10-04-34 » soit en développé : Synthèse & Syncrétisme, avec la date de naissance de ma mère, 10-04-34. Un ordinateur, que vous pouvez observer entre la chaudière et la cucurbite permet d'intégrer la pensée, l'âme et l'esprit diffusés par « SS-10-04-34 » avec la vapeur d'alcool produite par l'alambic. Ils fusionnent et cuisent ensemble les différents mélanges obtenus à partir des fruits et des ingrédients. Pour aller vite et plus vulgairement, disons que l'atome de la pensée féconde l'atome de l'alcool et lui fait un enfant.

— Tu veux dire que cette chose produit de l'alcool intelligent ?

À la flamme de la chaudière, le bras gauche d'Aziz allume une cigarette pour sa bouche et, après avoir avalé et rejeté la fumée comme un dragon d'opérette, sa jambe droite poursuit :

— Nuance ! Cet alcool n'est pas intelligent. Il contient de l'intelligence ! Les atomes de pensée contenus dans la boisson se mélangent avec les neurones. Chaque particule de pensée agit sur le neurone d'accueil. Elle y injecte son contenu et l'aide à réévaluer, transformer, rééquilibrer les données initiales. Einstein a dit qu'il était plus facile de briser un atome qu'un préjugé. Le but de « Rêves berbères » est d'agir sur les préjugés incrustés dans la génétique culturelle.

— C'est-à-dire ? dit Marcello Mastroianni, qui ne comprenait rien à rien au charabia de la jambe droite d'Aziz.

— C'est-à-dire que ça élimine la connerie et ça nique la bêtise. J'ai découvert que pour réveiller les énergies créatrices de notre peuple, il fallait le faire passer par l'Ivresse. Oui, messieurs dames, l'Ivresse majuscule ! Les hommes de notre pays sont divisés en deux catégories :

Ceux qui boivent comme des charretiers en insultant le sexe des mères des autres, et les autres !

— Quels autres ? dit la main droite de Malika accrochée à la dernière volute du serpentin de cuivre.

— Les autres ! s'exclame le tronc d'Aziz ! Ceux qui s'enivrent avec le verbe de Dieu qu'ils ont détourné à leur profit pour en faire commerce. Mais le drame, chère main droite de Malika, c'est qu'entre ces deux ivresses, il n'y a rien ! Ou si peu ! Tous ces escargots...

— Escargots ? répète Rose derrière une forêt de champignons.

— Les démocrates, laïcs, anti-fascistes, berbérophones, arabophones, francophones, magnétophones, aphones, universalistes, modernistes cachés, blottis, rétractés comme l'escargot dans sa coquille. Pour faire plaisir, pour ne pas se faire assassiner, par gentillesse, les escargots renient leurs idées, sacrifient leurs ambitions et bavent sur les murs en les rasant.

— Tout ça c'est bien beau, mais pour le moment c'est du bavardage. Qu'est-ce que cette machine a à voir là-dedans ? lance le cadavre de Nasser-qui-n'est-pas-mort-mais-qui-est-néanmoins-allongé-dans-un-cercueil.

La tête d'Aziz, soutenue par sa jambe gauche, se fait solennelle.

— Chaque fois qu'un individu sera en perte de repères, il trouvera ici un cocktail approprié fabriqué par l'alambic.

— Oui ! hurle Woody Allen à la mort. Chaque cocktail contient des molécules qui guérissent et renforcent les neurones en difficulté.

— Un derrière quistiou, dit timidement l'avant-bras droit de Malika qui imite son grand-père. Porkoi la lanbic i s'appili « Rives birbires » ?

— Bonne question, Ahmed ! répond le sexe d'Aziz. Chers amis, je connais la sensibilité du sujet. Je suis conscient de la charge politique de ce mot et l'électricité qu'il dégage à chaque fois qu'il est prononcé. Je tiens donc à vous rassurer. Je ne mets aucune once de militantisme dans « Berbères ». Je l'utilise comme une abstraction, une somme de données perceptibles et imperceptibles… un lien… un liant… un terreau duquel se nourrit notre soubassement culturel. J'aimerais que de ce magma on puise des éléments de philosophie faite de démocratie, d'ouverture sur le monde, d'acceptation de l'autre quelle que soit la matière dont il est fabriqué. J'aimerais extraire de ce limon ce qu'il y a de meilleur pour fabriquer un Algérien nouveau. Mais attention, je ne suis pas Frankenstein ! Je veux juste aider à réguler le thermostat nerveux des hommes de ce pays afin de les rendre moins émotifs, moins hystériques. Cette boisson va détourner l'activité du cerveau pour la faire passer par l'intellect. Enfin, bref, j'aimerais que ce soit la classe, quoi ! Qu'on soit plus ouverts et moins arc-boutés sur nos principes à la con ! J'ai juste envie de faire l'amour avec Malika sur cet alambic, qu'on nous découpe en morceaux tous les deux, qu'on fasse de nous des statues de la liberté, et puisque le moment est venu d'expérimenter le bien-fondé de ce que j'avance, je demande à Ahmed de venir me rejoindre.

— Pourkoisque ? dit l'homme désigné par ce nom et qui fait deux pas en avant.

— Mesdames et Messieurs, je vous présente un ami d'enfance. Il s'appelle Ahmed et est analphabète. Intellectuellement parlant, c'est un vrai bourricot. Pour le vérifier, je vais lui poser une question toute simple. Connais-tu Shakespeare ?

— *Chkoun* ?[1]

— Shakespeare ? William Shakespeare ?

— Je suis supposé le connaître ?

— Pas spécialement.

1. Qui c'est ?

— Il habitait le quartier avec nous ?

Certains parmi nous étaient au bord du fou rire, quelques-uns étaient gênés par la tournure insolente de cet interrogatoire, surtout le tibia gauche d'Aziz

La main droite d'Aziz ouvre un gros tiroir, en extirpe une bonbonne, retire le bouchon et remplit un verre à thé qu'elle tend à son cobaye.

— Maintenant, Ahmed, bois ceci !

Ahmed avale le breuvage d'un trait, puis déglutit d'une drôle de façon, comme une autruche avale un réveil.

— Maintenant, dis-moi, Ahmed. Connais-tu Shakespeare ?

— *If I may trust the flattering truth of sleep,*

My dreams presage some joyful news at hand.

My bossom's lord sits lightly in this throne,

and all this day an unaccustomed spirit

lifts me above the ground with cheerful thoughts, déclame Ahmed.

Glacés de stupéfaction, nous nous sommes levés comme un seul membre désarticulé au couteau de boucher.

— Mais... Mais... commence Hakim.

— C'est pas possible ! termine Nasser-qui-n'est-pas-mort-mais-qui-est-néanmoins-allongé-dans-un-cercueil.

— Ecco ! dit en souriant la bouche d'Aziz, comme si tout cela n'était qu'un jeu d'enfant. Entre le dramaturge élisabéthain et Ahmed, il ne manquait que le lien. Et ce lien, le voici !

— On peut en avoir du même ? dîmes-nous, tous en chœur, mettant fébrilement nos verres sous son nez.

La bouche d'Aziz les remplit généreusement et, après avoir fait de même pour sa jambe, lève le sien très haut :

— Amis, trinquons encore une fois à « Rêves Berbères » ! qui j'espère va changer le monde et pourquoi pas l'Univers !

Les verres se hissent, s'entrechoquent et se dirigent vers les têtes qui se renversent et les bouches qui s'ouvrent.

– I have night's to hide me from their eyes ; And but thou love me, let them find me here. My life were better ended by their hate than death prorogued, avoue soudain Ahmed à un pilier en béton, puis il lui saisit les seins et l'embrasse fougueusement sur la bouche.

— Car, eu égard à ce qui constitue la forme du vrai, il est certain que l'idée vraie se distingue de la fausse non seulement par une dénomination extrinsèque, mais principalement par une dénomination intrinsèque, dit la tête de Malika qui n'avait jamais de sa vie entendu parler d'un type du nom de Spinoza.

— *Nulla igitur datur hic fictio, sed verae, ac merae assertiones*, réplique du tac au tac Jean-Paul Sartre, resté muet jusqu'à présent, son œil de caméléon tournant tout seul derrière le masque mortuaire d'Aziz.

Soudain la guirlande de lumière s'éteint. Le noir s'installe. Pris d'une angoisse folle, j'allume mon briquet et je vois l'imposante stature du pêcheur de la crique de *La Méduse bleue* qui avance vers moi en souriant, tenant un Coran dans une main et une rascasse dans l'autre. Le Coran est recouvert d'une reliure en skaï et une fermeture Éclair en fait le tour. Le pêcheur porte maintenant un *kamis* et une barbe dont les dimensions décuplent au fur et à mesure qu'il approche de moi. Un sourire immuable fige son visage. J'étouffe. Arrivé devant moi, il ouvre la fermeture Éclair du livre qui n'était plus le Coran mais le roman que j'étais en train d'écrire, avec mon nom sur la couverture, puis l'ouvre en deux. À l'intérieur, je vois un couteau de boucher aiguisé comme un rasoir. Il me regarde de ses yeux vides, saisit méticuleusement le couteau et l'approche de ma gorge, alors je hurle et me précipite sur la loupiote pour l'allumer : 1 h 10 du matin sur l'écran de mon radio-réveil.

J'allume une cigarette, sors de mon lit et appuie sur tous les interrupteurs de l'appartement. Créer de la lumière, une bulle de jour autour de moi, échapper à la nuit. Le fantôme de mon pêcheur barbu persiste. Présent même dans la lumière. J'allume une autre cigarette et comprends tout soudain. Le pêcheur islamiste ! Chargé de nous surveiller, de guetter le moment opportun pour m'assassiner, assassiner Nasser, Aziz et Malika !

Je m'habille frénétiquement. C'est lui ! Bien sûr que c'est lui ! Je prends la sacoche et sors de chez moi. Comment n'y ai-je pas pensé plus tôt. Le type me paraissait louche, il m'a donné des suées à me regarder comme ça. Tout ça je m'en souviens bien. Comment n'y ai-je pas pensé plus tôt ?

ALGER : NOUVELLES RESTRICTIONS D'EAU

DES RÉAMÉNAGEMENTS DRASTIQUES ONT ÉTÉ INTRODUITS DANS LE DISPOSITIF DE DISTRIBUTION DE L'EAU À TRAVERS LA WILAYA D'ALGER

Dorénavant, la distribution s'effectuera seulement une fois par semaine avec des volumes réduits. Le plan de distribution obéira à un découpage en zones délimitant les différents quartiers approvisionnés en alternance. Ces réaménagements, indique-t-on à la direction de l'Hydraulique, sont la conséquence d'importantes fuites d'eau enregistrées sur les nouvelles canalisations réalisées par une société publique en voie de liquidation par la SGP. Le taux de ces fuites d'eau est actuellement estimé à environ 50 %. Après la fin des travaux dont on ignore s'ils ont fait l'objet de réception définitive, des malfaçons et des défauts sont apparus par endroits, entraînant des déperditions importantes du précieux liquide.

La Gazette d'Alger.

28

Pour ne pas réveiller le gardien de nuit, je desserre le frein de la *Zastava*, tourne le volant de façon à diriger les roues, et pousse de toute mes forces la ferraille tchécoslovaque hors du parking vers la piste.

« Si tu avais été plus efficace, plus malin, tu aurais sauvé des vies humaines. Et quelles vies ! Malika et Aziz. »

Je descends au point mort et phares éteints la pente menant vers la nationale puis, après m'être assuré que la voie est libre, j'allume le moteur et roule vers le bord de mer.

La Méduse bleue est fermée à cette heure-ci, mais j'ai mes habitudes. Une porte dérobée donne sur la terrasse surplombant les vagues. Il suffit de donner sept coups rapides puis trois plus lents et espacés pour que l'un des hommes de la sécurité ouvre aux quelques clients privilégiés dont je fais partie.

— Qui c'est ?

— C'est moi !

— Qui toi ?

— Zakaria… de la cité… l'écrivain…

— Tu es tout seul ?

— Oui !

Plusieurs loquets et serrures claquent les uns après les autres, la porte s'ouvre.

L'habitude étant une seconde nature, l'homme, qui me connaît pourtant bien, me dévisage avec méfiance, regarde rapidement à droite et à gauche puis s'écarte pour me laisser entrer. Dès qu'il referme il semble plus détendu.

— Vous venez bien tard, monsieur Zakaria.

— Je n'arrivais pas à dormir.

— Vous avez raison mais vous prenez des risques énormes.

Nous traversons le petit couloir qui jouxte la cuisine américaine.

— Votre copain est là. Tenez… là-bas au fond de la deuxième salle, si vous avez besoin de compagnie. Mais je vous préviens, il est allé fort sur la boisson. Ça fait un moment qu'on essaie de le calmer. Il est comme ça depuis plusieurs jours. Heureusement qu'il est gentil. Sinon…

Affalé sur une banquette en bois, Nasser parle à une bouteille de vin qu'il tient fermement entre ses mains et qu'il secoue comme s'il voulait l'étrangler.

— Merci. Ce soir, je préfère être seul.

Je m'assois à une table encastrée dans un renfoncement de façon à ce que Nasser ne me voie pas, et pose la sacoche sous ma chaise.

— Comme d'habitude ? me propose le barman.

— Non, merci, ce soir je ne bois pas.

Comme je suis le dernier arrivé, je regarde autour de moi pour voir qui est là. Je repère les endroits où sont assis les éventuels ennemis, les amis, les plaisants et les déplaisants, les chieurs qu'il faut éviter.

— Excusez-moi, monsieur Zakaria me chuchote le serveur, ces messieurs là-bas vous offrent cette bière.

Je regarde les cinq hommes assis à une table ronde, riant à gorge déployée probablement en réaction à une blague racontée par l'un d'eux. Ils ont entre cinquante et soixante ans, en costumes de marque que leurs corps athlétiques mettent en valeur. Je n'en connaissais aucun.

J'ai reposé la bouteille sur le plateau du serveur.

— Je ne connais pas ces gens. Vous leur

direz que c'est gentil de leur part, mais ce soir, j'ai décidé de ne pas boire du tout.

Je n'allais pas lui expliquer pourquoi j'avais besoin de toutes mes facultés pour tuer proprement le pêcheur islamiste.

Le garçon, étonné qu'on refuse une boisson offerte, la reprend, repart vers les hommes et la dépose sur leur table. Ils s'arrêtent de rire et regardent vers moi en marmonnant, puis me fixent avec des regards assassins. L'un d'eux se lève, se dirige vers ma table, tire la chaise vide et s'assoit en face de moi. Il allume une Marlboro avec un briquet en or et me tend le paquet. Comme un oiseau fasciné par un serpent, j'en prends une et la porte à mes lèvres. L'homme, sans lâcher mes yeux de son regard glacial, allume ma cigarette.

— Alors, comme ça, on refuse un verre offert avec plaisir ? C'est une insulte qui n'a pas de nom ! Entre gens d'une certaine culture, ça ne devrait pas se faire ! Vous commettez un affront contre cinq personnes de qualité. Un contre cinq ! Le duel est inégal, vous auriez dû réfléchir. Regardez-moi et regardez mes camarades… cinq personnes de bonne famille vous offrent un verre, comme ça, pour le plaisir. Ils ne sont pas obligés… et vous le refusez. Hop ! d'une pichenette, d'un geste méprisant du vulgaire petit doigt de la main, vous freinez un chaleureux élan d'amitié, de fraternité et d'admiration, monsieur Zakaria !

— Je ne vous connais pas. Comment savez-vous que je m'appelle…

— Monsieur Zakaria, vous voyez ces quatre hommes qui sont avec moi ? Le dernier est commandant de la Sécurité Militaire. Je suis moi-même lieutenant-colonel. Nous sommes en goguette, comme on dit. Vingt-quatre heures sur vingt-quatre nous nous chargeons de votre sécurité…

— Mais je n'ai jamais demandé de garde du…

— Je parle de la sécurité du peuple, pas de la vôtre en particulier, monsieur Zakaria ! Je disais donc, vingt-quatre heures sur vingt-quatre, cinq officiers supérieurs de la SM à l'affût de ceux qui sèment la terreur, pour que le peuple dont vous faites partie puisse dormir en paix… ces cinq officiers décident de prendre un peu de bon temps, le repos du guerrier, ils vont dans le bistro le plus pourri de l'hémisphère Nord de la planète et, Oh ! Quelle surprise ! Qui est là ? Une vedette ! Une star de la culture ! Regardez, c'est lui, si si si, je vous jure ! Une ex-star dont personne ne se souvient, mais une star est une star même si elle est oubliée. Et là, vous avez devant vous, en chair et en os, le misérable écrivaillon sans talent et sans charme, le lécheur de bottes national : M. Zakaria en personne ! Oui ! Celui qui gribouille sur son cahier d'écolier. Les cinq gentils officiers tout contents décident d'inviter la « star » à boire un verre à leur santé, et que fait la vedette ? Elle les méprise !

— Je vous demande pardon, je ne savais pas !

— Levez-vous !

— Mais…

— Levez-vous, je vous dis !

Je lui obéis.

— Venez avec moi.

J'ai suivi l'homme jusqu'à l'endroit où étaient attablés ses collègues.

— Messieurs, dit-il, je vous présente Salim Zakaria, le grand écrivain de la décennie verte, le journaliste de la décennie noire et le démocrate laïc anti-intégriste de la décennie rouge que nous vivons présentement !

— Bravo ! crièrent les quatre autres en applaudissant comme des forcenés.

C'est le genre de piège auquel je ne m'attendais pas du tout. Les officiers de la terrible Sécurité Militaire, les services secrets de l'armée, sont réputés pour leur perversité. Les officiers supérieurs sont généralement d'ex-brillants étudiants sélectionnés pour suivre de longues études supérieures en Union soviétique, mais aussi aux USA et dans d'autres pays occidentaux. Ceux-là faisaient visiblement partie de l'élite. Ils ont le tempérament énergique, sont bons vivants, manient un humour assassin et pratiquent avec une grande maîtrise plusieurs langues étrangères. Depuis qu'il était venu à ma table, le lieutenant-colonel me parlait dans un français à l'accent et à la syntaxe impeccable. Il aurait pu tout aussi bien se retrouver en train de disserter sur Spinoza ou Villon devant un parterre d'universitaires. L'un des quatre autres tend la main vers la table voisine, tire une chaise et la rapproche de lui.

— Asseyez-vous ! me dit-il.

Je m'assois.

Celui qui était venu me chercher s'assoit à son tour. Il se tourne vers le garçon de salle qui trépignait sur place, ne comprenant pas ce qui se passe, et lui demande de poser la bouteille de bière devant moi. Ce qu'il fait.

— Monsieur Zakaria, je vous présente mes amis, le colonel Houari, le capitaine Saïd, le commandant…

Il lève sa bouteille et porte un toast :

— Messieurs, buvons à la santé de ceux qui sont morts pour la patrie !

On entrechoque nos bouteilles.

— Et à ceux qui vont mourir pour elle !

En disant cela, il me regarde avec un

sourire qui me glace le dos. Il me semble lire dans son regard que c'est lui qui va m'abattre, et maintenant, là, devant tout le monde. Il attend juste de finir sa gorgée de bière pour s'occuper de moi. C'est peut-être des terroristes déguisés qui boivent de l'alcool pour les besoins de la cause, me suis-je dit. C'est arrivé plusieurs fois. De jeunes hommes habillés à l'occidentale, coiffés à la dernière mode de Paris, boivent du vin en riant, se lèvent tout d'un coup à table et abattent froidement un journaliste ou une personnalité politique qui dîne paisiblement en face d'eux. Mais leur culture, cet humour noir qu'ils utilisent pour jouer au chat et à la souris avec leur victime, ce plaisir à se mouvoir et à discourir avec élégance ne trompe pas. Il s'agit bien de la Sécurité Militaire. Les autres n'ont pas la finesse intellectuelle pour perdre du temps à gagner du plaisir.

— Comment ça se fait que tu ne sois pas passé à la casserole, toi ? me dit l'un.

— Comment ça ? réponds-je.

— Tu as le profil type des gens qu'on assassine en ce moment. Si tu es toujours vivant, c'est que tu dois être assez malin, dit un autre.

Le gars que le lieutenant avait désigné sous le nom de colonel Houari ouvre sa veste et sort un énorme pistolet, un genre de Magnum 357, comme on en voit dans les films des années soixante-dix. Il le met devant mon nez.

— Tu voudrais en avoir un comme ça, pour te défendre, hein ?

Le capitaine Saïd éclate de rire.

— Tu plaisantes ! Il n'arriverait même pas à le soulever. Regarde-le ! Ses mains tremblent comme les ailes d'un papillon. Il ne peut même pas tenir droite sa bouteille de bière !

Je ne savais plus quoi faire, quoi dire. J'esquisse un geste pour partir.

— Reste assis, me dit sèchement le lieutenant-colonel. Pourquoi veux-tu partir ? Tu ne t'amuses pas avec nous ? Où veux-tu aller ? Le couvre-feu prend fin à cinq heures, il n'est que trois heures et demie. Tu boiras bien un autre coup.

Il se tourne vers le bar et crie :

— Une autre tournée, patron !

Un silence inhabituel s'installe. Bien que la musique soit forte et les clients bavards, tous ceux qui sont dans l'aile du bar où nous sommes sentent qu'il se passe quelque chose. Ils font semblant de ne pas s'intéresser à ce qui les entoure, mais regardent sous cape et tendent l'oreille. L'un des officiers arbore une chevelure léonine, entièrement argentée et très fournie, retenue vers l'arrière par un brushing impeccable. Malgré la situation psychologique lamentable dans laquelle je me retrouve, je ne peux m'empêcher de penser qu'il ressemble à un acteur américain qui joue toujours des rôles de méchants ambigus dans les films noirs des années quarante, et dont le nom m'échappe. Jeff Chandler, peut-être ? Il plonge sa main dans la poche de sa veste et la ressort fermée. De son index gauche, il me fait signe de m'approcher. Je m'avance vers lui et il colle sa main sur mon oreille. Les autres se taisent et suivent ce qui se passe, ils connaissaient déjà le jeu. L'homme se met à agiter sa main. J'entends un bruit étouffé de petits morceaux de métal qui s'entrechoquent, avec une certaine douceur. Comme si on agitait une petite boîte à clous.

— Devine ce que c'est ? me dit l'homme.

— Je ne sais pas, dis-je, l'air hébété.

— Allez fais un effort d'imagination. On est écrivain ou on ne l'est pas ?

— Heu… Des billes ?

— Ah ! Ah ! Ah !

— Des bagues, peut-être ?

— Ha ! ha ! ha ! Des bagues ! Non, mais, vous entendez ça ? Des bagues. Tu es sûr que tu mérites d'être menacé de mort, toi ? Ils devraient revoir leurs dossiers les types qui t'ont condamné en croyant que t'étais un brillant intellectuel !

Il écarte les doigts de son énorme main et se met à l'agiter devant mes yeux, comme un enfant à qui on dévoile quelque chose qu'on vient de lui cacher. Dans sa paume, une dizaine de balles dansent comme des pépites d'or qu'on secoue dans un tamis. Il prend l'une d'elles entre le pouce et l'index de son autre main et, sans quitter son sourire de clown dangereux, la pose sur ma tempe.

— Elle est un peu froide, hein ?

Je suffoque, mais je me concentre pour ne rien laisser voir, et je souris bêtement, comme une réponse à sa question.

— Ferme les yeux maintenant et imagine comment la balle mettra un terme à ta vie, passera de ce coin de ta tête à celui-là, en traversant ton cerveau.

Les autres rient de plus belle. J'ai l'impression d'être tout nu, debout sur un bûcher et, pour être au diapason de leurs rires de démons, je les accompagne en riant de manière grotesque moi aussi car c'est le seul acte venant à mon secours.

— Tu la veux ? Tiens, je te la donne ! Cadeau !

— Non ! dis-je, étonné, merci.

Il saisit mon poignet et tire ma main vers lui. En me souriant, il pose délicatement la balle au centre de ma paume, s'empare de mes doigts et, comme quand on force quelqu'un à prendre un pourboire qu'il refuse d'accepter, les referme avec une force inouïe.

— Elle te servira de talisman.

Il attrape par la manche le serveur qui passait tout près.

— Une autre tournée, garçon !

Ils boivent les dernières bières en me racontant les pires blagues qu'on puisse entendre sur l'État, le Gouvernement, l'Armée et les Intégristes. Le jeu dure un moment puis, une demi-heure avant la fin du couvre-feu, ils me disent au revoir en me serrant presque amicalement la main et partent sans payer.

À cinq heures moins le quart, le patron traverse le bar en criant son habituel « Allez, les frères, on ferme ! Allez, allez, allez ! ». Arrivé près de moi, il se penche :

— Tu devrais aider ton copain. Ça fait plus d'une heure qu'il dort. Il est complètement fait. Il ne pourra jamais rentrer chez lui tout seul.

29

Nasser, allongé à l'angle d'un banc, ressemble à une équerre qui ronfle.

— Les types aux costumes… je veux dire les types là… ceux de tout à l'heure qui étaient avec moi ? Tu les connais ? dis-je à Mokrane.

— Pas du tout !

— Ils donnaient pourtant l'air d'être des habitués.

— C'est la première fois de ma vie que je les vois. Et rien ne m'échappe. J'ai un œil de lynx, une mémoire de chacal et suis aussi muet qu'une tortue. Je ne sais même pas si tu es là toi en ce moment. Alors si tu me parles de cinq types…

— Ils sont partis sans payer. Qu'est-ce qu'ils se sont mis dans la tronche… ça représente de l'argent tout ça ? Alors, je me suis dit peut-être…

— Es-tu assez naïf pour croire que c'est le genre de personnes à qui on présente la note ? Par les temps qui courent, des types habillés comme des princes qui sortent leurs pétards en public comme s'ils fêtaient l'anniversaire du Prophète, tu leur demandes de passer à la caisse ?

— L'autre soir, les cocos qui ont tiré sur le lustre, tu les as bien ratiboisés !

— C'était des stagiaires qui prenaient leur revanche ici. Ils croyaient qu'ils pouvaient faire la loi. C'est pas le même gabarit. Ils ne jouent pas dans la même catégorie.

— C'est la Sécurité Militaire ?

— C'est pas mon problème ! Et c'est pas le tien, non plus ! Toi, ton problème…

— C'est quoi mon problème ?

— Toi ton problème, je vais te le dire : tu mets ton copain dans ta caisse, vous rentrez chez vous que je ferme ma putain de boutique pour aller me coucher dans mon putain de lit qui se languit de moi. Allez, Ciao !

— Tu peux m'aider à le rentrer dans la voiture ?

— Je peux t'aider à faire tout ce que tu veux, pourvu que ça m'aide à ne plus vous voir pendant quelques jours et si vous pouvez faire un effort, j'aimerais autant que vous me foutiez la paix pendant deux ou trois ans, O.K. ?

— O.K, Mokrane !

Sous des dehors bougons et un physique d'ours qui peut assommer d'un coup de poing un jeune taureau en colère, le patron de *La Méduse bleue* est au fond un gentil bougre. Je suis allé chercher ma voiture et, quelques minutes après, je le trouve debout devant l'entrée de son établissement tenant dans ses bras Nasser dormant comme un bébé. Il a la mine défaite d'un père sortant d'une maternité pour exposer aux photographes le monstre auquel sa femme a donné la vie. J'ai ouvert la portière arrière et il glisse Nasser sur le siège comme on enfourne un agneau qui cependant profère dans son sommeil des insultes à faire blêmir une tenancière de bordel colonial.

— Allez, à bientôt, et faites attention à vous ! nous lance Mokrane avant de faire pivoter plusieurs fois toutes les serrures qui condamnent la porte de son établissement et de s'engouffrer dans sa Volkswagen.

Il n'y a plus personne. Le noir de la nuit vire peu à peu au bleu clair de l'aube. Les maisons voisines, les anfractuosités du bord de mer et la mousse brillante des vagues qui meurent en chuintant sur le sable apparaissent peu à peu, comme les choses se dévoilent sur le papier sensible immergé dans le révélateur photographique. Dans la voiture, le ronflement nasillard de Nasser atteint sa vitesse de croisière.

Je grimpe sur le monticule qui donne sur la mer et me laisse glisser sur la terre molle menant à la plage. Je marche en direction des rochers qui ferment la crique. La pâle clarté qui s'installe aveugle mes yeux, encore imbibés de la nuit. Je tourne la tête vers l'horizon. Le soleil ne va pas tarder à apparaître.

Je ne sais si c'est l'alcool, la fatigue, ou l'éther de la mélancolie dans lequel baignent depuis si longtemps mes états d'âme, ou tout cela à la fois, mais j'ai la soudaine impression de me mouvoir dans des éléments étranges avec lesquels je ne partage aucun code de sensations familières. Comme dans certains films où, pour souligner l'étrangeté d'une perception par un effet de surexposition, on pousse au maximum la puissance des projecteurs. Je sens que je vais m'évanouir. Je m'assois, ferme les yeux et respire. Engranger de l'air, faire le plein d'iode et reprendre conscience pour me concentrer sur l'acte important que je dois accomplir.

Je me sens mieux. J'ouvre les yeux. Face à moi, à une vingtaine de mètres, l'homme, le pêcheur barbu vêtu d'un *kamis* blanc sur lequel claque le vent et que fait luire le premier rayon du soleil. Son corps de géant dirigé vers le Levant, il prie.

Je me lève, tire lentement sur la languette de la fermeture Éclair. L'homme marmonne des versets entre ses lèvres, se lève, s'agenouille.

J'avance vers lui et me tiens maintenant à trois mètres de lui. Je sais que les prieurs ont une obligation morale d'aller jusqu'au bout de leur rituel. Je rentre mes doigts à l'intérieur de la sacoche, mon index accroche l'une des deux gâchettes.

J'attends que l'homme finisse de prier.

Il prononce les dernières paroles, tourne la tête vers son épaule gauche puis vers la droite pour saluer les anges qui consignent les bonnes et les mauvaises actions : *salam u-aleikoum warahmat allah wa barakatuhu wa taa'la !* La prière finie, il plonge son regard profond en moi, son sourire cynique figé pour l'éternité. J'appuie sur la détente en fermant les yeux.

Rien ! Aucun bruit ! Pas d'explosion ! J'appuie de nouveau, plusieurs fois. Rien non plus. Que se passe-t-il, putain ?

— Il y a quelqu'un ? dit l'homme, le sourire sardonique aux lèvres.

— Papa ! Papa !

Une petite fille d'une dizaine d'années surgit de derrière le monticule de terre cachant les habitations.

— Papa !

L'homme tourne la tête.

— Oui, ma petite chérie !

La petite fille arrive à notre niveau. Elle me dit bonjour d'un air timide.

— Les beignets sont cuits, papa ! Tu peux venir prendre ton petit-déjeuner.

— Oh merci, ma fille ! Mais dis-moi qui est ce monsieur à qui tu dis bonjour ?

— C'est un monsieur avec une petite valise. Je ne le connais pas. Je pensais que c'était ton ami.

— Non, je ne le connais pas, ma fille ! Bonjour, monsieur !

— Bonjour...

La petite fille prend l'énorme main de son père dans la sienne. Tous deux me saluent, puis elle l'emmène.

Je les vois comme dans le film, Charlot et la jeune fille partant vers l'horizon. L'homme, de temps en temps, bute contre une motte de sable, l'enfant faisant le geste de le retenir de tomber.

Revenu à la voiture, j'ouvre le fusil, retire les cartouches et déchire le papier qui les entoure. À l'intérieur, une poudre dure et compacte. L'humidité de la montagne. Elles avaient trop longtemps séjourné là-haut, sur les hauteurs de l'Ouarsenis.

J'ai conduit en pleurant toutes les larmes de mon corps en disant à Nasser, qui ronflait, que j'avais failli éteindre le sourire d'un aveugle.

30

Dix minutes plus tard, nous étions dans le parking de la cité, six heures quarante aux vestiges de l'horloge de ma *Zastava*. Une petite foule agitée est réunie dans la cour entre deux rangées de voitures. Je descends de mon tacot, ouvre la portière arrière et extirpe non sans mal le corps de Nasser dont la quantité d'alcool absorbé et le sommeil éthylique ont démultiplié le poids. Je passe son bras gauche par-dessus mon épaule et glisse ma main droite derrière son dos pour le tenir par l'aisselle afin de le faire tenir le plus droit possible. Je ne fais pas ça pour cacher l'état comateux dans lequel mon ami a sombré. Depuis la mort de Malika et Aziz, on se fichait pas mal tous les deux du regard des autres et nous assumions et affichions, parfois avec arrogance, notre désespoir. Non, je ne fais pas ça pour étaler une dignité dont on n'a plus rien à faire, je veux juste mettre Nasser dans la position apte à l'aider à retrouver le geste intuitif de mettre un pied devant l'autre. Les dialogues qui parviennent à mon oreille à mesure qu'on approche du groupe d'hommes me font comprendre que l'eau n'est pas revenue.

— Ils ont peut-être oublié qu'on était un mardi ? dit l'un.

— C'est une négligence !

— Peut-être que le réveil du technicien municipal n'a pas sonné !

— Il s'est trompé dans son plan de distribution et il a ouvert la vanne d'un quartier programmé pour un autre créneau horaire !

— Les canalisations ont peut-être été sabotées !

— C'est une punition divine ! lance, péremptoire, Djebbar-l'islamiste.

On arrive à leur niveau. Je m'arrête pour souffler une seconde mais surtout pour la réplique du professeur de philosophie en chômage technique, qui ne tarde pas à cingler :

— Pourquoi Dieu ne s'attaquerait-il qu'aux pauvres, qui comptent pourtant parmi ses plus fervents adeptes ? Pourquoi cette malédiction ne s'en prend pas aux habitants des quartiers riches ? Pourquoi les tremblements de terre, les inondations, bref toutes les catastrophes naturelles que vous considérez comme des punitions divines ne touchent que les immeubles construits à la va-vite par des entrepreneurs véreux ? Pourquoi Dieu ne désintègre-t-il pas les résidences construites selon des normes anti-sismiques ?

Sentant la foule accrochée à ses lèvres pour entendre la suite de cette envolée hérétique mais non dénuée de sens, l'homme reprend son souffle et tel Platon, Socrate ou Aristote, affrontant la foule de contradicteurs sur le proscénium de l'Agora d'Athènes, il regarde le ciel pour prendre Zeus à témoin, et assène :

— Il est de notoriété publique que ces « mécréants » boivent du vin, que leurs femmes sont dévoilées, que leurs enfants fréquentent les boîtes de nuit où ils s'adonnent à des danses lascives. Pourquoi alors, ces adeptes de Sodome et Gomorrhe, ces descendants de Loth, ne sont-ils jamais touchés par les foudres du Très-Haut ?

— Dieu ne met à l'épreuve que ceux pour qui Il a de l'amour et de la compassion. Quant aux impies, Il leur réserve des tremblements de terre et les précipite pour l'éternité dans des fleuves de sang et de coulées volcaniques, clame alors Djebbar-l'islamiste.

— Puisque Le Très-Haut dans Sa mansuétude permet aux riches de vivre dans l'opulence, le péché et le libre arbitre…

— Ô frère athée et francophone, qu'est-ce qu'un arbitre, aussi libre et honnête soit-il, vient faire dans cette discussion ? On parle de religion et tu me parles de football !

— Ah ! s'écrie le philosophe, le libre arbitre n'a rien à voir avec le… Il allait tenter une explication puis se calme. Oh ! je ne veux pas parler avec un borné comme toi !

Sur ces derniers mots de fatalité laïque, je continue mon chemin. Je m'apprêtais à attaquer les marches qui mènent à notre cage d'escalier, lorsque du haut d'un balcon, une femme hurle de toutes ses forces :

— L'eau ! L'eau ! L'eau est revenue !

Comme les cigales se taisent au coucher du soleil, les voix des tribuns s'éteignent soudain. Six heures du matin ! Les regards se croisent pour trouver une explication à ce vrillage insensé de la colonne vertébrale du temps. Pendant que tous se pressent pour bénéficier du précieux liquide, je demande à l'un de mes voisins de m'aider à soulever Nasser. J'ai hâte de rentrer chez moi remplir mes bassines, et prendre un bain. Depuis la mort de Malika et Aziz, nous passions nos nuits à *La Méduse bleue*, j'avais perdu le goût de vivre. Il n'y avait plus une goutte à la maison.

L'allumeur de rêves berbères

Lorsque je découvris ma baignoire pleine, je ne savais plus si je rêvais ou si elle s'était remplie pendant mon cauchemar.

Le lendemain une circulaire nous informa que désormais l'ensemble du pays, du nord au sud, d'est en ouest, serait approvisionné en eau selon la grâce de Dieu.

Ce volume a été réalisé par IGS-CP
et achevé d'imprimer en octobre 2008
sur les presses numériques de l'Imprimerie Maury S.A.S.
Z.I. des Ondes – 12100 Millau

N° d'édition : 07 –N° d'impression : J08/42779 L
Dépôt légal : novembre 2008

Imprimé en France